Opaline Allandet

Godefroy le Cruel

roman

Éditions Dédicaces

GODEFROY LE CRUEL, par OPALINE ALLANDET

DU MÊME AUTEUR:

- Le fruit du chagrin (roman) Éditions Graine d'auteur, 2007.
- L'insoumis (suite du premier roman) Éditions Graine d'auteur, 2007.
- Carlane et l'énigme des quais, Éditions Graine d'auteur, 2009.
- Célestine dans la tourmente (roman) Éditions Edilivre, 2011.
- Émotions saisies (recueil de tankas) Éditions Du Masque D'Or, 2011.
- À fleurs d'ombre (recueil de poésie) Éditions Dédicaces, 2012.
- Nouvelle aube (recueil de poésie) Éditions Dédicaces., 2012.
- Gabrielle de Cordemoy (roman) Éditions Edilivre, 2012.
- Soirée d'azur (recueil de poésie) Éditions Dédicaces, 2013.
- Autour d'un héritage (roman) Éditions Edilivre, 2013.

ÉDITIONS DÉDICACES INC.
675, rue Frédéric Chopin
Montréal (Québec) H1L 6S9
Canada

www.dedicaces.ca | www.dedicaces.info
Courriel : info@dedicaces.ca

Opaline Allandet

Godefroy le Cruel

*Il est plus facile de déplacer un fleuve
que de changer de caractère.*

Proverbe chinois

Première partie

Godefroy IV de Lanicey arpentait de long en large la salle de garde du château, qui pouvait se transformer en salle de réception. Là, actuellement, se tenait sa jeune épouse.

- Écoutez Mahaut, cela fait déjà huit jours que je tente de vous faire comprendre qu'il est de la plus haute importance que j'effectue cette Croisade en Terre Sainte. Il est de notre devoir que tous les chefs de fiefs comme le nôtre, partent délivrer la Palestine, et en particulier Jérusalem, de l'occupation des Turcs et de leurs complices. Nous devons combattre ces hérétiques, et je dois m'y conformer.

La jeune femme ne put que soupirer, une fois de plus.

- Mais pourquoi ? Répondit-elle. Vous avez déjà été vaincu lors de la seconde Croisade.

- Parce que nous avions réussi à fonder un comté de Chrétiens parmi les pays du Moyen-Orient. Et, à présent, ce comté a été repris par les ennemis. Et n'oubliez pas que cette Croisade a été ordonnée par le pape Grégoire VIII, et prêchée par Bernard de Clairvaux.

Mahaut était pourtant habituée aux nombreux départs de son époux. En 1189, l'époque était toujours troublée par des envahisseurs, ravageant le comté, sans parler des seigneurs voisins qui se querellaient souvent pour agrandir leur domaine.

Godefroy régnait en maître de la forteresse, et se sentait investi d'un imposant pouvoir : il lui incombait de protéger non seulement sa famille et ses gens de maison, mais également tous les habitants qui travaillaient pour lui, sur ses terres, et qu'il dirigeait d'une main ferme. Ceux-ci, essentiellement composés de paysans, de bûcherons, et de toutes sortes d'artisans, ainsi que de leurs épouses, vivaient souvent dans la misère, entourés de nombreuses marmailles à nourrir.

- Hélas, je ne l'ignore pas, répétait Mahaut, résignée. Et je ne peux que vous approuver dans cette entreprise. Mais, je ne sais pas pourquoi, ce départ ne ressemble pas aux autres. Vous partez si loin ! Et pour combien de temps ? Je crains de ne plus vous revoir...

Elle porta ses mains devant ses yeux, comme pour repousser une vision, étant très émotive par nature.

Godefroy cessa ses allées et venues, et s'approcha d'elle.

- Noble dame, ajouta-t-il, vous ne devez pas vous plaindre. Je vais servir pour une grande cause. Vous en serez fière, croyez-moi. Et dois-je vous rappeler qu'il s'agit d'un ordre du Pape, soutenu par des rois ? Seule la loi de notre Dieu doit triompher sur cette terre.

Elle leva des yeux tristes vers lui.

- Il est inutile de me rappeler tout cela – nouveau soupir de Mahaut – mais pouvez-vous comprendre que votre absence me désole ? Il fait si froid entre ces murs glacés et sombres ! Seule votre présence peut me réchauffer.

Les larmes lui montèrent aux yeux, et son visage prit une expression douloureuse.

- J'en suis fort honoré, répondit Godefroy. Mais rassurez-vous. Je serai de retour d'ici peu, dans quelques mois peut-être. En attendant, je compte sur vous pour veiller sur nos deux enfants, en particulier sur notre fils Quentin, garant de notre lignée. D'autre part, s'il est un point auquel j'attache de l'importance, c'est à votre fidélité. Je sais que votre beauté attire tous les regards, ce dont je suis très fier.

- Oh sire ! Répliqua-t-elle d'un ton chargé de reproches. Comment pourriez-vous douter de ma sincérité et de mon attachement à vous ?

6

- Je n'en doute pas, effectivement. Cependant, parce que j'ignore quelle sera la durée de notre séparation, je vous demande de me jurer fidélité.

Le ton qu'il employa fit frémir la jeune femme, sachant que son époux ne badinait pas avec ces choses-là.

Mahaut en restait médusée, elle qui n'avait jamais prêté attention à un autre homme que lui.

- Voyons, mon seigneur et maître, vous pouvez en être certain.

- Bien, bien ! Nous partirons dans trois jours, poursuivit-il d'une voix impérieuse. J'ai donné toutes mes instructions concernant la conduite du domaine à notre intendant. J'ai fait soigner les chevaux en vue de cette expédition. N'ayez aucune inquiétude : nos serviteurs vous sont fidèles, et vous pourrez compter sur eux en cas d'embarras. En outre, vous possédez la chance de résider à proximité des terres de votre père (et c'est ce qui a scellé notre union), le comte de Morenne, qui est devenu trop âgé pour combattre. Il pourra veiller sur vous et sur nos biens.

En prononçant ces mots, ses yeux gris étincelèrent d'un éclat métallique, et son menton trembla de fierté sous sa robuste barbe noire. De haute stature, très musclé grâce aux nombreux exercices physiques qu'il pratiquait très souvent, il en imposait.

Il pressa un instant Mahaut contre lui, puis s'éloigna sans se retourner.

La forteresse de Lanicey faisait partie des plus anciens châteaux de Bourgogne, construits déjà au temps des Mérovingiens et des Carolingiens. Au départ, elle consistait en de vastes enceintes situées sur un point élevé, aisément défendable, et dont les murailles furent peu à peu renforcées. Seule était fortifiée l'unique porte d'accès ouverte entre deux tours circulaires, inspirées de celles des camps des légions romaines. À l'intérieur, furent peu à peu aménagées deux ou trois enceintes successives : la première était réservée aux populations des villages environnants, où ils bâtirent une église, tandis que le seigneur se retirait dans la dernière, où se dressait un haut donjon de pierre, accessible seulement en son premier étage. Celui-ci était à la fois résidence familiale et caserne de garnison. Les hivers, longs et rigoureux dans cette région, accentuaient encore son caractère austère.

La forteresse était souvent noyée dans la brume, et, parfois, ses toitures et ses clochetons semblaient émerger des nuages, ce qui la rendait davantage mystérieuse...

Trois jours plus tard, à l'aube, Mahaut n'avait pas encore réussi à trouver le sommeil, tourmentée par un sombre pressentiment.

Elle entendit les hommes franchir les deux enceintes de la forteresse. Un brouhaha de voix joyeuses et hardies s'éleva de concert, avec les hennissements des chevaux affolés. La jeune femme ignorait pourquoi elle ressentait une impression de déchirement en elle, comme si tout un pan de sa vie s'effondrait.

C'était la fin du XIIème siècle. Godefroy, accompagné de chevaliers intrépides comme lui, se lançait dans la troisième Croisade. Seule la première avait été victorieuse. Et de féroces Chrétiens avaient martyrisé leurs ennemis, torturés comme des animaux. Certains avaient été embrochés vifs et, disait-on, mangés.

La seconde Croisade s'était révélée désastreuse pour les rois qui la conduisaient : Louis VII, roi des Francs, et l'empereur germanique Conrad III. Les croisés avaient gagné Jérusalem, mais ils avaient échoué aux portes de Damas, n'ayant pas réussi à en franchir le siège. Après leur retour en Occident, cet échec avait provoqué de violents remous au sein de l'église et des armées, dans différents pays d'Europe. Il fallait, coûte que coûte, vaincre ces impies.

Ce fut donc avec enthousiasme et détermination qu'ils s'élancèrent là-bas, en 1189, commandés par Philippe Auguste, fraîchement couronné roi des Francs, Frédéric Barberousse, successeur de Conrad III, et Richard Cœur-de-Lion, roi d'Angleterre. Frédéric Barberousse avait provoqué Saladin, maître de l'empire byzantin, en duel, mais il se noya accidentellement en traversant une rivière, en 1190, avant de le combattre. Les rois avaient rassemblé des troupes militaires importantes, dirigées par des chevaliers comme le baron de Lanicey.

Pour Mahaut, la vie devait bien continuer. Elle se sentait partagée entre l'espoir que cette Croisade devint victorieuse, et la tristesse d'être séparée de son époux auquel elle était attachée.

La jeune femme porta toute son attention sur l'éducation de leurs enfants, Quentin et Lidwine, comme le lui avait ordonné le sire. Quentin, âgé de quatorze ans, semblait posséder la vaillance de son père, sans en avoir le caractère excessif. Et Lidwine, de deux ans sa cadette, alliait la beauté de sa mère à une forte personnalité. L'éducation de Quentin fut confiée à un précepteur qui savait lire, écrire et compter. Ce dernier lui enseigna donc, en plus de l'éducation civique, les bases élémentaires de l'écriture et du calcul. Lidwine, bien qu'elle ne fût qu'une fille, bénéficia également de ces cours.

La baronne de Lanicey les retrouvait chaque jour, à l'heure des repas pris en commun, et se laissait distraire par leur insouciance et leurs rires. Lorsque le froid n'était pas trop vif, elle se promenait en compagnie de Lidwine, dans le village qui s'étendait aux pieds de la forteresse. À leur apparition, les paysans se courbaient pour les saluer, sans interrompre leurs durs labeurs : ils étaient surveillés par Ulric, un surveillant à la poigne de fer, réputé pour être sans âme.

- Crois-tu que nous connaîtrons un jour la fin de ces guerres stupides qui ne font que supprimer des vies et alimenter nos peurs ? Demandait Mahaut à sa fille.

Lidwine ne savait que répondre à ces questions qui la dépassaient. Mais elle possédait un atout capital, celui de la jeunesse qui découvrait la vie, et qui respirait les parfums enivrants du printemps.

- Bien sûr ! Répondait la fillette en levant vers sa mère sa frimousse dorée.

Fréquemment, la châtelaine de Lanicey se hissait jusqu'au plus haut point du donjon, guettant avec espoir les allées et venues des cavaliers qui passaient vers la forteresse. Depuis là, le regard surplombait les vallées forestières et permettait de voir surgir l'ennemi du plus loin qu'il vînt. Les gardes avaient fini par accepter la présence de la baronne à leurs côtés. Les rafales d'un vent glacial s'engouffraient par les meurtrières, et devenaient comme autant de morsures sur le visage de la jeune femme. Puis elle rentrait chez elle, attristée, mais non découragée. Elle était sûre du retour de son époux...

Comme chaque année, à la fin des récoltes, lorsque granges et greniers débordèrent de blé, de seigle, d'orge, de pommes et de fruits divers, le comte de Morenne, père de Mahaut, organisa en son château un grand festin. Y furent invités tous les hobereaux avoisinants, ainsi que leurs épouses, parents et amis possédant un titre de noblesse.

Beaucoup de châtelaines en profitèrent pour parader en leurs plus beaux atours. Quant aux seigneurs, jeunes ou d'âge mûr, ils affichèrent leurs blasons sur leurs armes, sabres ou poignards ouvragés, épées étincelantes, comme s'il se fût agi d'un tournoi.

Mahaut avait refusé de s'y rendre l'an passé. Puis le comte réussit à la faire venir cette année.

Elle s'y rendit pour la première fois sans son époux. Vêtue d'une robe noire mettant en valeur son teint clair, elle portait une ceinture incrustée de perles blanches qui enserrait sa taille fine. Les mêmes perles scintillaient à ses oreilles, à son cou et à ses poignets. Ses longs cheveux d'un blond pâle, enroulés derrière sa nuque, étaient retenus par une coiffe en tulle noir, lui conférant une sorte d'aura tragique.

Mahaut se tint à l'écart des couples qu'elle connaissait pour la plupart, et qui bavardaient joyeusement entre eux.

Le repas fut copieux et bien arrosé, car les vendanges s'étaient révélées abondantes en cette année 1191. Et comme les vins les exaltèrent, les rires des convives fusèrent de toutes parts. La soirée fut animée par des danses et des chants, aux sons des vielles et des cithares, à la lumière des flambeaux. L'ambiance devint magique : les joues des danseuses se colorèrent de vermillon, et les yeux des gentilshommes pétillèrent de désir, soudain ou réveillé. Certains d'entre eux s'éclipsèrent discrètement dans des pièces annexes, prévues pour des jeux galants, entre hommes ou femmes, selon leurs penchants.

Un chevalier inconnu avait remarqué Mahaut. Il l'invita à danser et elle n'osa pas refuser.

Celui-ci put admirer la souplesse de la jeune châtelaine, ainsi que son élégance. Tout d'abord méfiante, réservée, puis étourdie par cet air de gaieté, elle se détendit peu à peu, un sourire éclaira son beau visage, et ses yeux bleus devinrent brillants.

- Puis-je vous poser une question, Madame ?
- Cela dépend de laquelle...

Mais il poursuivit.

- Comment se fait-il qu'une dame superbe comme vous ne soit pas accompagnée ? Êtes-vous veuve ? S'enquit le vicomte de Parroux, tout en la dévorant d'un regard connaisseur.

11

- Je vous trouve bien curieux à mon égard ! Répondit-elle pour la forme, mais pas mécontente, en réalité.

- Ah ! C'est que mon cœur est conquis par votre grâce et que j'en suis fort troublé, ajouta le vicomte.

Mahaut, bien qu'elle ne fût pas insensible à cette flatterie, ne répondit rien. Elle songeait à Godefroy qui n'aurait pas apprécié qu'elle s'abandonnât dans les bras d'un autre homme que lui... car il était terriblement jaloux. Et un frisson incontrôlable lui échappa.

La sentant émue, le vicomte s'enhardit.

- Avez-vous froid, chère Dame ? Souhaitez-vous prendre un verre de vin chaud ?

Et le chevalier l'attirait déjà vers une servante qui versait à boire.

- Je veux bien, sire. Mais ce n'est rien, juste un léger malaise, et je vais tout simplement m'asseoir.

- Alors, permettez, Madame, que je prenne place à vos côtés.

Elle s'assit sur un sofa, et le vicomte prit soin d'étaler sa robe.

- Sans vouloir me montrer indiscret, insista-t-il cependant, puis-je savoir ce qui vous met en cet état ?

Mahaut hésita un peu, mais elle éprouva le besoin de se confier, peut-être après avoir bu un peu trop de vin.

- Je pensais à mon cher époux qui s'est engagé dans la Croisade actuelle, et dont on ne sait si elle aura une fin.

- Voyons, Madame ! S'exclama le vicomte. Loin de moi l'idée de vous effrayer ! Mais ne savez-vous pas que les trois-quarts de ces vaillants guerriers se sont fait décimer par les Turcs, et qu'ils ne reviendront plus ?

- Dieu ! Est-ce possible ! Gémit la baronne qui devint très pâle tout-à-coup.

- Hélas ! Continua le chevalier. Je suis très chagriné de vous apprendre une telle nouvelle ! Je suis moi-même de retour car j'ai été blessé à la jambe et ne pouvais plus me tenir sur un cheval. J'en connais d'autres qui sont décédés, après avoir subi les pires souffrances !

Et le vicomte de Parroux cita des noms de gentils-hommes dont on savait qu'ils avaient été occis en Terre-Sainte.

Mahaut entendit à peine ces noms, tant elle se sentait serrée par l'angoisse !

- Mais alors, s'insurgea-t-elle au bout d'un instant, pourquoi mon père, qui est l'hôte de ce château, ne m'en a-t-il pas informée ?

Il entoura les épaules de la jeune femme d'un geste protecteur et doux.

- Peut-être ne souhaitait-il pas vous peiner, ce que je conçois aisément ? Vous paraissez si fragile !

Mahaut resta perdue en ses pensées. Puis, ayant retrouvé l'usage de ses jambes, elle décida de repartir chez elle.

Elle remercia vivement le vicomte de Parroux, qui avait enchanté puis terni sa soirée.

- Me permettez-vous, chère Dame, de venir vous rendre visite, ne serait-ce que pour savoir si vous vous portez mieux ? Osa demander celui-ci.

D'une voix ferme, mais à l'intonation douce, elle répondit.

- J'en suis désolée, sire, mais je ne le peux pas. Veuillez m'en excuser.

Avec un faible sourire, elle prit congé de lui.

Avant de s'éclipser, elle s'approcha du comte de Morenne, son père. Celui-ci, veuf depuis deux ans, était fort entouré de nobles demoiselles qui n'étaient pas encore casées, à vingt-cinq ans passés.

- Père, chuchota-t-elle, je me permets de prendre congé de vous, en vous remerciant encore de m'avoir invitée. Je souhaiterais vivement m'entretenir avec vous, dès qu'il vous sera possible de venir en ma demeure.

- Est-ce urgent ? S'inquiéta le comte. Que se passe-t-il donc !

Devant l'air embarrassé de Mahaut, il comprit qu'il ne devait pas insister.

- Bien sûr, chère enfant, dit-il en déposant un léger baiser sur son front. Je passerai demain, en début d'après-midi. À bientôt !

La jeune baronne se sentit un peu soulagée à l'idée de pouvoir se confier à son père.

Vers deux heures de l'après-midi, le lendemain, le comte de Morenne, qui était un excellent cavalier, accourut chez sa fille, et la trouva prostrée sur son canapé.

- Qu'y a-t-il, ma chère Mahaut, pour que je vous trouve ainsi affligée ? N'avez-vous pas été enchantée par ma réception qui, me l'a-t-on dit, a eu beaucoup de succès auprès des preux chevaliers de notre comté ?

- Certes, Père, elle fut très réussie, j'en conviens. Cependant, à propos des chevaliers, justement, j'ai besoin de votre éclairage.

Pendant qu'il s'installait dans un haut fauteuil de bois recouvert de velours grenat, la jeune femme rassembla son courage, et poursuivit.

- Oui, Père, c'est au sujet de mon époux.

Ce n'était pourtant pas la première fois qu'elle abordait ce sujet avec lui. Mais elle disposait d'une information supplémentaire. Et elle lui narra sa conversation avec le vicomte de Parroux.

- Vous savez à quel point je suis attachée à mon seigneur : j'ai beaucoup d'estime pour lui, et j'admire sa bravoure. Mais voici bientôt deux ans qu'il est parti, et n'ayant aucune nouvelle de lui, j'ai bien peur que...

- Qu'il ne soit plus de ce monde ? Continua le comte. C'est une question que je me pose sans cesse depuis quelques mois. Mais je crains que vous n'ayez d'autre solution que celle d'attendre son retour. N'ayant point été reconnu parmi les morts, rien ne nous permet de penser qu'il le soit, effectivement. Vous devez toujours espérer.

- Bien sûr, Père, mais où peut-il se trouver dans ce cas ?

- Peut-être est-il retenu prisonnier ? Dieu seul peut le savoir...

Mahaut baissa la tête, tristement, devant se résigner à la fatalité. Puis elle reprit.

- Il faut que je vous avoue, également, quelque chose qui me tient à cœur : Godefroy est un excellent époux, et je pense qu'il m'aime à sa façon, c'est-à-dire sans démonstration. Et ce manque d'affection, de chaleur, dont j'ai tant besoin, m'a fait défaut. Je ne sais comment expliquer ce que je ressens, mais il m'inspire un sentiment étrange qui me fait peur.

- Voyons, Mahaut, vous êtes trop sentimentale ! Je pense que votre époux est bien celui qu'il vous faut, car il sait ce qu'il veut. Il a le caractère ferme des hommes de volonté. Je peux comprendre que la solitude vous pèse, car je m'en rends compte depuis le décès de votre chère mère. Que Dieu ait son âme, car elle le méritait bien ! Mais la vie est ainsi faite d'imprévus à surmonter, et il faut vous y conformer.

La jeune femme se retourna vers la fenêtre et parut s'absorber dans la contemplation de la nature qui commençait à se colorer de tons rouille et oranger : l'automne approchait, inéluctablement. Elle apercevait la petite chapelle, derrière une allée plantée de sapins.

Elle s'y rendait quotidiennement pour réclamer la bienveillance de Dieu, et solliciter le retour de son chevalier.

- Écoutez, reprit le comte pour essayer de la consoler, je vais tenter quelque chose pour vous. Voici mon idée : je vais me rendre auprès du duc de Bourgogne, qui est mon suzerain, et dont la puissance est reconnue partout. Je lui demanderai d'entreprendre des recherches concernant votre époux. Je lui verserai de l'argent s'il le faut.

- Oh père ! S'écria Mahaut, le visage soudainement illuminé, je vous en remercie du plus profond de mon cœur.

Et elle se jeta dans ses bras pour exprimer sa joie.

Le duc de Bourgogne accepta cette requête et envoya des hommes pour effectuer des recherches jusqu'en Terre-Sainte, par l'intermédiaire des prélats. Mais celles-ci restèrent vaines.

Peu de temps après la réception du comte de Morenne, Waldemar, le plus ancien et le plus fidèle serviteur de la forteresse de Lanicey, se présenta devant la baronne en disant :

- Très noble Dame, un seigneur s'est présenté à la porte de la première enceinte. Les gardes ont voulu l'arrêter, mais ce chevalier s'est fâché, prétextant qu'il vous connaissait. Dois-je le laisser entrer ?

Mahaut se sentait partagée entre le désir de revoir le vicomte qui l'avait charmée, à son insu, durant cette soirée, et la peur de faire introduire un ennemi de son seigneur au château. Elle contempla le jardin dans l'espoir d'apercevoir celui qui osait s'imposer ainsi. Puis, lasse de solitude, elle opta pour le laisser entrer. Le cœur battant, la jeune femme ordonna à Waldemar de le faire entrer. Ce n'était pas simple, car il fallait franchir les deux enceintes de la forteresse.

À la hâte, elle monta en son appartement afin de revêtir sa plus belle tenue : une robe bleue assortie à la couleur de ses prunelles. Elle ajouta à son cou un collier de saphirs, hérité de feu sa mère, qui lui conférait plus d'éclat. Ses longs cheveux blonds furent entremêlés de rubans en velours bleu. On eût dit un ange tombé d'un tableau.

Lorsqu'elle descendit les escaliers qui conduisaient à la salle de réception, Waldemar vint l'entretenir à l'écart.

- Très noble Dame, je crois que ce cavalier n'est point connu de nous.

- Mais peut-être l'est-il de moi ? S'entendit-elle répondre sans réfléchir.

Lorsqu'elle ouvrit la porte accédant à un petit salon où les serviteurs l'avaient installé, Mahaut posa les yeux sur le vicomte de Parroux, au regard admiratif et audacieux. Après le départ des serviteurs, la jeune baronne trouva plus raisonnable de le gronder gentiment.

- Sire de Parroux...

- Excusez-moi de vous couper la parole, Madame, mais appelez-moi plutôt Aymeric...

- Ne vous avais-je point interdit de chercher à me revoir, après avoir pris congé de vous, chez mon père ? Elle essaya de prendre un visage outré, de masquer les battements de son cœur qui trahissaient un certain sentiment de plaisir de sa part. Mais le vicomte ne se laissa pas impressionner.

- Chère Dame, si je me suis permis d'enfreindre votre interdiction, c'est pour vous apprendre qu'un de mes cousins revient de Palestine, étant blessé à son tour...

Mahaut ne put s'empêcher de sursauter sur son sofa, tant elle espérait le retour du sire de Lanicey !

- Puis-je vous demander s'il a côtoyé mon époux là-bas ? Est-il encore vivant ?

Elle retint un moment sa respiration, dans cette attente.

- Mon cousin, que j'ai questionné à ce sujet, n'a malheureusement pas pu répondre. Il sait que votre seigneur a combattu avec beaucoup de bravoure contre les infidèles. Il m'a révélé qu'au cours d'une bataille, particulièrement meurtrière, il a disparu... Mais il lui a été impossible de déclarer s'il est décédé, ou encore vivant, car son corps n'a jamais été retrouvé...

Le visage de la baronne devint très soucieux et des larmes brouillèrent ses yeux.

- Quand votre cousin l'a-t-il aperçu pour la dernière fois ?

- C'était au siège de Damas qui durait depuis des mois. Peut-être a-t-il été enseveli sous les décombres ?

Après un soupir qui traduisait sa déception, Mahaut, en bonne hôtesse, chargea une servante d'apporter leur meilleur vin pour abreuver le sire de Parroux. Celui-ci contemplait la jeune femme, assise devant lui, et il se sentait grisé, non par l'alcool, mais par sa seule présence.

À ce moment-là entra Lidwine afin de montrer à sa mère le résultat de ses notes obtenues en dictée et, tout naturellement, exécuta sa plus belle révérence devant le vicomte, en guise de salutation.

Aymeric se sentit très flatté et ne tarit pas d'éloges concernant la petite damoiselle. Cette dernière, du haut de ses quatorze printemps, n'était pas insensible aux charmes de la gente masculine. Après s'être extasiée devant ses notes, la baronne renvoya sa fille hors du petit salon.

Aymeric de Parroux, curieusement, était resté célibataire, et pourtant, ce ne fut pas par mépris des dames, qu'il adorait, au contraire, séduire. Mais la baronne ne chercha pas à le savoir, respectant son silence sur le sujet.

Vint l'instant où le vicomte dut se retirer, et ce fut non sans peine, car tout l'enchantait en ce château-fort. Le sien était de construction plus récente, et ne possédait pas d'enceintes.

Néanmoins, il était érigé sur une hauteur, lui aussi.

Il se leva à la tombée de la nuit, remercia chaleureusement Mahaut pour son agréable accueil. Celle-ci lui tendit sa main à baiser, alors qu'il brûlait de la prendre dans ses bras, mais il resta courtois.

- Ce fut un réel plaisir pour moi, déclara-t-il. Mon château n'est pas très éloigné du vôtre. De ce fait, puis-je vous quémander une faveur ?

18

Mahaut, à l'âme sensible, se sentit rougir.

- Dites toujours.

- Je souhaiterais tant, puisque je vous sens seule (il faisait allusion à l'absence de Godefroy) revenir de temps en temps vous saluer !

La jeune femme resta un long moment silencieuse, tiraillée entre son cœur et sa raison, mais après deux lourdes années de solitude, elle se laissa entraîner par son cœur...

- Si ce n'est que cela, sire, je peux vous l'accorder.

Aymeric de Parroux repartit chez lui avec l'espoir de la conquérir.

Pendant deux ou trois mois, Aymeric se rendit à la forteresse de Lanicey, attiré par la grâce et la douceur de Mahaut. Au début, il s'efforça de garder leur relation sur un plan purement amical. Mais le vicomte dut admettre qu'un sentiment plus fort le poussait vers elle, et contre lequel il ne pouvait plus lutter. De son côté, la baronne se sentait torturée entre le devoir de fidélité envers son époux, probablement décédé, et cette étrange amitié qui la troublait... Le vicomte lui devenait peu à peu indispensable. Comment résister à tant de délicates attentions déployées par le gentilhomme ? En effet, il n'arrivait jamais les mains vides, lui offrant tantôt des fleurs sauvages, tantôt des gourmandises diverses que ses cuisiniers lui confectionnaient. Quand elle s'asseyait, il prenait la peine d'installer des coussins autour d'elle, comme une pierre précieuse en son écrin. Au départ, Mahaut n'osait pas les refuser, par crainte de le froisser. Puis elle les reçut avec un plaisir évident.

À ce stade, la baronne osa lui demander pour quelle raison il n'était pas marié.

- Eh bien, lui répondit-il, adolescent, j'étais tombé amoureux d'une jeune damoiselle d'un rang social supérieur au mien, et qui fut promise par ses parents à un grand seigneur germanique. Bien que celle-ci ne se montrât pas insensible à mes sentiments, la jeune fille disparut un jour dans un château de Bavière, parmi les forêts ténébreuses d'Outre-Rhin, et son souvenir m'a hanté trop longtemps ! J'avais alors refusé toutes les prétendantes que mon père ne manqua pas de me présenter. Mais j'ai préféré m'illustrer dans des guerres, cherchant dans les honneurs une sorte de compensation à ce que j'avais ressenti autrefois comme du mépris.

Un matin, alors qu'ils longeaient ensemble les hauteurs de la forteresse, encore noyées dans les brumes persistantes, ils ressentirent la sensation étrange de se trouver dans un lieu magique, inconnu par eux. Ils se sentaient perdus dans les nues... Mahaut allongea le bras pour s'appuyer contre la rampe en bois. Aymeric lui tendit sa main pour l'aider, et se rapprocha de son corps avec empressement.

- Douce et belle amie, lui dit-il, me permettez-vous de vous faire un aveu qui me brûle depuis longtemps ? Je vous aime, d'un amour fort et loyal, et...

Mahaut ne chercha pas à se dégager de cette étreinte et lui chuchota :

- Et je crois bien que je partage le même sentiment que vous...

Peu à peu, le vicomte de Parroux fut admis par tous les habitants du château de Lanicey, car celui-ci semblait revivre. Ils se prirent à le respecter et à l'aimer comme s'il en fût le véritable seigneur. Et personne ne se montra choqué lorsqu'il devînt l'amant de la trop tendre Mahaut.

Deuxième partie

Une année plus tard, au petit jour, un nuage de poussière fut aperçu au loin par les guetteurs de faction, à la tour de garde de la forteresse de Lanicey. Ils entendirent gronder un bruit de galop qui allait en s'amplifiant, faisant presque trembler le sol.

Qui donc pouvait bien poindre en bas de la vallée, à cette vitesse, et sans se faire annoncer ? Était-ce une nouvelle invasion barbare, celles-ci étant devenues fréquentes, sur un sol non encore unifié sous la même bannière ?

Quelle ne fut pas la surprise du maître des lieux, car c'était bien lui qui revenait, après trois ans d'absence, quand il se pointa au pont-levis de son château-fort !

Les gardes, qui reconnurent sa fougue et sa haute stature, hésitèrent un instant avant de les relever. Certains présentaient des têtes inconnues de Godefroy, mais cela pouvait s'expliquer : son absence avait été si longue ! Il se sentait très heureux de les retrouver, ces braves gens !

- Holà ! S'écria-t-il puissamment, tout en freinant son cheval qui se cabrait. Qu'attendez-vous pour faire entrer votre Maître et Seigneur ? Et il claquait son fouet en l'air, impatient.

Le vieux Waldemar, qu'il avait connu depuis son enfance, montrait une expression soucieuse et embarrassée.

- Sacrebleu ! Hurla Godefroy, que signifie tout cela ?

Sa hâte était fort grande de retrouver Dame Mahaut aux cheveux d'or : elle lui avait tant manqué ! La nonchalance raffinée et sensuelle des femmes orientales, qu'il avait fréquentées dans certains bordels, florissants là-bas, l'avait fortement enthousiasmé. Mais aucune d'entre elles ne

21

possédait la grâce un peu fragile de son épouse. Il allait enfin pouvoir l'étreindre entre ses bras, ainsi que ses enfants qui devaient être grands et feraient sa fierté !

Certains soldats l'accueillirent avec l'empressement qu'il attendait, apparemment contents de son retour. Mais, en avançant dans la cour, il remarqua des hommes, qui, au lieu de le saluer, s'engouffrèrent à l'intérieur du bâtiment d'habitation. Quand il sauta de son cheval et voulut franchir le portail en bois de son château, il trouva celui-ci fermé.

Un frémissement de rage courut le long de son échine, et il égrena tout un chapelet de jurons. Il cogna contre le portail avec fureur de ses poings d'acier puis, voyant qu'on ne lui ouvrait pas, d'un coup de sabre, il fracassa le pêne de la porte : celle-ci céda sous sa force décuplée.

Il renversa Waldemar, le vieux serviteur qui était resté posté derrière la porte. Et, sans s'excuser, le questionna:

- Voyons, Waldemar, que se passe-t-il ici ?

Le pauvre vieillard ne put lui répondre, le souffle coupé.

Godefroy grimpa en courant l'escalier de bois usé qui conduisait à l'appartement de Mahaut. Il croisa au passage des servantes affolées, mais qu'il ne vit point. La baronne recevait son aimé ce jour-là, car il revenait d'un voyage, et les serviteurs avaient reçu l'ordre de n'ouvrir à personne. Aymeric, après avoir savouré les délices d'un amour passionné, se détendait dans un agréable instant de torpeur.

Cependant, une servante avait réussi à les prévenir, en catimini, du retour du sire. Quand Aymeric apprit cette nouvelle, il eut juste le temps de bondir dans ses vêtements, et de chercher à se dérober par la fenêtre. Mais ce fut peine perdue : déjà Godefroy enfonçait la porte de la chambre de son épouse infidèle, et la trouva tremblante sur sa couche.

Sa stupeur fut telle qu'il faillit en tomber, terrassé.

Puis, se reprenant, le sang du sire se mit à bouillir. Il reconnut un ami, voisin de son territoire, Aymeric de Parroux, ce traître qui l'avait bafoué, pendant que lui-même continuait à guerroyer en Croisade. Sa poitrine se gonfla tant sous son armure, pas encore retirée, que celle-ci lui parut trop étroite ! Ses narines, semblables à celles d'un cheval fou, palpitaient démesurément. Ce fut alors qu'un cri rauque de loup affamé de sang s'échappa de sa gorge.

- Parroux, hurla-t-il, te voilà mort, piégé comme un rat d'égout ! Je te mettrai les tripes à l'air, traître !

Et, joignant les actes à la parole, il abaissa sur lui son sabre si fortement qu'il le décapita d'un coup : Aymeric n'avait pas eu le temps de sauter par la fenêtre. Combien d'ennemis avait-il pourfendus de la sorte, en Moyen-Orient ? Il ne le savait pas.

La rage du sire n'étant pas assouvie, il s'exclama :

- Ah! Comme je regrette de t'avoir occis sur-le-champ ! J'aurais tant joui de t'entendre crier sous les tortures!

Mahaut ne put s'empêcher de hurler à son tour, en voyant son amant décapité.

Godefroy se tourna vers son épouse et lui jeta la tête d'Aymeric sur les genoux en ricanant.

- Tiens, chienne ! Tu peux l'embrasser autant que tu veux, car dans quelques instants, je vais le découper en morceaux sous tes yeux !

Mahaut était terrorisée, et elle ferma les yeux pour ne pas assister à ce carnage. Deux gaillards avaient reçu l'ordre de la soutenir fermement par les épaules afin qu'elle ne pût se dérober devant ce spectacle... Bientôt, les murs de la chambre furent tapissés de sang qui dégoulina dans l'escalier...

Les servantes et les gens de maison, terrorisés par tant de barbarie, s'étaient réfugiés dans l'écurie et imploraient le ciel afin que leur chère maîtresse fut épargnée.

Alors, le sire de Lanicey laissa retomber sa haine contre Mahaut, car elle l'avait terriblement blessé dans son amour et dans son orgueil. Il s'approcha d'elle et lui cria.

- Attends, sale garce, ton tour viendra !

C'était la première fois qu'il la tutoyait, et la douce Mahaut ressentit cela comme son arrêt de mort.

Godefroy se tourna vers les gardes qui l'avaient reconnu.

- Gardes ! Emparez-vous de cette chienne pour qu'elle ne se sauve pas. Et c'est elle qui sera torturée, car elle m'a trahi sous mon propre toit ! Par tous les diables, je jure que seule ma vengeance pourra me calmer.

Ses lèvres fières étaient retroussées par un rictus de mépris, et il lui jeta à la face.

- Mahaut, tu n'es qu'une chienne, et tu mérites la mort, toi aussi. Ah ! Comme je me suis trompé en t'épousant, car je te croyais vertueuse !

Il la souffleta sur les deux joues. La jeune femme s'écroula à ses pieds en versant des larmes amères.

- Sire, ayez pitié de moi ! Grâce ! Il faut que vous m'écoutiez !

Mais il n'écoutait que sa propre colère, semblable à un torrent grossi par l'orage, et qui devenait dévastateur.

- Sire ! Je vous demande pardon de tout mon cœur, implorait Mahaut, mais tout le monde ici croyait que vous aviez été occis. Nous avons effectué des recherches, et je vous ai attendu si longtemps, en vain...

Mais le sire ne se laissa pas attendrir.

- Tais-toi, tu n'es qu'une putain !

De rage, il lui arracha tous ses vêtements, et ne vit pas son splendide corps nu. Il la saisit par ses longs cheveux défaits, et la traîna hors de la chambre (qui fut la leur), dans le couloir, puis le long des escaliers en bois rugueux. Sa peau, très fine et sensible, écorchée par cette brutalité, laissait des traces de sang tout au long du parcours, sur son passage.

- Sire ! Pardonnez-moi ! Sanglotait la jeune femme, entre deux hurlements de douleur...

- Non ! Je ne te pardonnerai jamais ! Vociférait Godefroy. Je te conduis dans un cachot où tu pourriras, à petit feu, jour après jour. Ce sera déjà ton cercueil.

Après un long cri atroce, qui dut résonner jusqu'au fond de la vallée, elle perdit enfin connaissance. Son seigneur put donc commander à deux gardes de la transporter dans l'oubliette la plus sombre, et la plus isolée de la forteresse, habituellement réservée aux criminels.

Le lendemain matin, après avoir vainement appelé au secours, et gémi durant toute la nuit, interminable pour elle, brisée par la terreur et par la fatigue, Mahaut comprit que son époux ne céderait pas : elle était bien condamnée à s'éteindre ici, abandonnée de tous.

On lui avait jeté une robe de bure noire pour tout vêtement, ainsi qu'une paire de chausses en laine grossière.

Elle ne put s'empêcher de penser à ses deux enfants qu'elle ne reverrait plus, et qui se trouvaient sous la férule de ce monstre. D'autre part, la jeune femme se sentait hantée par la vision horrible de la tête ensanglantée d'Aymeric lancée sur ses genoux. Elle avait l'impression de la sentir encore... Grâce à lui, elle avait goûté des moments merveilleux, et même si cela allait lui coûter la vie, Mahaut ne regrettait rien. Ayant suffisamment vécu, elle ne craignait pas la mort. Mais la jeune femme se sentait affreusement responsable de la mort du sire de Parroux, car il n'avait fait que l'aimer...

Elle ne ressentait pas la faim, seulement la soif intense que procure l'angoisse.

Harassée de fatigue, elle se laissa choir sur la paille qui lui servait de lit, et finit par s'endormir d'un sommeil lourd.

Après que la douce Mahaut fut enterrée en son oubliette, et son amant décapité, coupé en morceaux, Godefroy se sentit soulagé d'un grand poids : il était de nouveau l'incontestable maître des lieux. Ses gens de maison l'appelèrent entre eux : « Godefroy-le-Cruel ».

Sa fureur l'abandonna peu à peu, comme une vague soulevée par un cyclone, se fracassant contre les rochers, puis s'affalant au bord du rivage. Mais il n'était pas apaisé pour autant ! Chaque jour, il ruminait sa honte que l'inconduite notoire de son épouse lui avait infligée, à lui, le plus courageux des guerriers, et vis-à-vis de son peuple ! Car tous les habitants, même misérables, devaient bien se gausser de lui, pas ouvertement, certes, sinon il eût pendu plus d'un fanfaron ! Mais parmi ses serviteurs et ses gens d'écurie, sans parler des servantes qui n'étaient que commères, les langues devaient aller bon train. Aussi fut-il obligé de congédier ceux et celles qui s'étaient montrés infidèles à son retour.

Même son confesseur qui le visitait fréquemment, essayant de le convertir à la clémence, et qui l'exhortait, dans ses prières, à se repentir, dut admettre que l'humeur du sire n'avait point changé.

- Enfin sire ! Suppliait le curé vainement, votre épouse a péché, cela est certain. Mais je connais le fond de son cœur : je sais, en son âme et conscience, qu'elle ne vous a pas trahi. Elle pensait, comme chacun ici, que vous étiez occis.

- Ah ! Vous aussi ? – et le baron jaillit de son fauteuil – faites-vous partie des traîtres ?

Le curé prit peur, craignant d'être congédié et renvoyé dans une quelconque abbaye.

- Mais non, voyons ! Calmez-vous, sire ! Mais enfin cet événement eût pu se produire. Seul Dieu est maître de notre destinée, et nous ne pouvons pas la connaître, pauvres hères que nous sommes.

- Je ne crois rien en vos fadaises ! Ricanait le sire. Je reste mortellement humilié, me trouvant, par surcroît, un grand de ce royaume : c'est pourquoi, de ce fait, je dois montrer l'exemple : en me montrant IM-PI-TO-YA-BLE.

Allez-vous me faire l'apologie du diable et de ses œuvres mensongères ? Tout en jetant ces mots : « L'honneur avant tout », telle est ma devise !

Et il martelait le sol de ses longues bottes ferrées qui crissaient à chacun de ses pas.

Tout comme mes ancêtres, dont vous pouvez admirer les portraits ici : ce sont eux qui m'ont indiqué le chemin à suivre...

Le prêtre jeta un rapide coup d'œil sur ces portraits qu'il connaissait pourtant bien, mais qui le glaçaient : leurs mines rébarbatives ne lui disaient rien de bon.

Ce fut à cette époque-là que le baron de Lanicey éprouva le besoin de renforcer son autorité et d'acquérir quelques richesses supplémentaires. Il reprit l'exemple de ses ancêtres qui n'hésitaient pas à traquer les négociants. Ceux-ci empruntaient la voie qui entourait son fief pour vendre leurs marchandises. Certains colportaient des étoffes, des objets précieux ainsi que des pièces d'or, en destination de la Lombardie : celle-ci possédait d'habiles banquiers dont la ruse était bien connue, et ce pays servait un peu de plaque tournante pour enrichir les puissants de ce monde.

Quand des transporteurs se faisaient annoncer, afin de régler leur péage (celui-ci existait déjà à l'époque romaine), ils étaient toujours courtoisement invités par Ulric, le surveillant du château de Lanicey. Celui-ci leur proposait de boire une chope en sa compagnie, afin d'effectuer une petite halte. Il vantait les délices inqualifiables de leurs vignobles, abondants dans la région.

Auprès d'un bon feu de bois qui dansait dans la cheminée de la vieille cuisine, Ulric trinquait avec les incrédules marchands. Ceux-ci, ignorant qu'ils étaient victimes d'un traquenard, partageaient, ravis, le pot de l'amitié. Puis, au bout de quelque temps, comme ils se sentaient malades et chancelants, Ulric appelait un acolyte : à eux deux, ils les transportaient dans une pièce voisine où se trouvait un lit dissimulant une trappe. Quand le poison avait accompli son œuvre, il suffisait d'ouvrir cette trappe. Celle-ci surplombait un souterrain secret de la forteresse s'ouvrant sur une source. Une fois tombés, les corps étaient entraînés par cette source, elle aussi souterraine, avant de déboucher dans le fleuve qui serpentait en contrebas des rochers. Le baron put s'enrichir ainsi en revendant ces objets précieux, ce qui lui permit de faire réparer son donjon.

Au bout de quelques mois, cependant, son humiliation se faisant de moins en moins vive, Godefroy émergea de cette étrange torpeur qui l'avait assommé tout d'un coup, tant le choc avait été important pour lui ! Sa rancœur s'estompa un peu et, dès le printemps suivant, la vie reprit ses droits sur lui. Dans un premier temps, la sève remonta en son corps et en son esprit.

Il décida d'abord de se saouler d'air pur : il fit de longues randonnées à cheval, étant excellent cavalier, seul à travers les forêts, les champs bordés de lacs et parsemés de fleurs sauvages, pendant des lieues qu'il ne mesurait pas, étourdi par des sensations grisantes. Il descendait jusqu'à une grotte où l'eau était si bleue que personne ne pouvait comprendre ce phénomène naturel : c'était un lieu enchanteur qui l'apaisait en fin de course.

Le sire était accompagné parfois par son fils, Quentin. Mais ce dernier le suivait à contrecœur, ne supportant pas les représailles qu'il faisait subir à sa mère.

- Mon fils, te voilà bientôt un homme, et tu n'as plus besoin de ta mère, lui disait-il en lui tapant sur l'épaule.

Puis il se mit à fréquenter les tavernes, où les tenanciers n'hésitèrent pas à remplir son gobelet d'un vin rouge et râpeux. Il y régnait une atmosphère joyeuse, paillarde, qui le revigora. Il retrouva même certains compagnons d'armes, en sa jeunesse, contre lesquels il avait croisé l'épée. Ceux-ci, devenus oisifs entre deux guerres, s'adonnaient aux jeux et aux femmes.

Ce fut alors que Godefroy se tourna vers les filles aux hanches bien saillantes et aux corsages débordants, qui servaient à boire, et qui se livraient à quelques débauches avec des coquins avinés, quel que fût leur rang dans la société. Une flamme d'appétit pour la chair le dévora...

Il leva les yeux sur les femmes de son entourage au château. Il existait toutes sortes de servantes : les cuisinières, les femmes employées pour le ménage, les femmes de chambres, et même une jeune fille de petite noblesse, Aliénor, dont le père était mort à ses côtés, lors d'un terrible combat contre de barbares. Cet homme étant veuf depuis plusieurs années, Aliénor, âgée de douze ans à cette époque, allait être orpheline. Cette pauvre enfant avait vu mourir sa mère sous ses yeux, violée par des brigands, et en était restée traumatisée. Alors il confia sa fille à Godefroy qui, par pitié, accepta de devenir son tuteur. Son père l'avait placée dans un couvent de Bénédictines. Au bout de deux ans, le sire la ramena dans sa forteresse où elle tint compagnie à Lidwine.

Parmi les servantes, il en remarqua une dont la mère fut jadis à son service. Cette dernière étant décédée, Jacotte avait repris tout naturellement les humbles fonctions de sa mère, qu'elle effectuait fort bien, d'ailleurs.

Godefroy s'arrangea avec Ulric, son serviteur sans âme, pour qu'il demeurât seul avec elle. Ulric, de son côté, ne craignait rien dans la débauche depuis fort longtemps.

Un matin, alors que Jacotte lui servait un repas très copieux, le baron put admirer tout son saoul le spectacle de ses seins penchés au-dessus de lui. Il remarque que ceux-ci étaient libres et alléchants, sous la légère étoffe noire qui faisait ressortir la blancheur de leur peau. Jouissant de l'insolence de sa jeunesse, fière de sa cambrure de reins, la servante n'abaissa pas ses longs cils soyeux devant le regard hardi du seigneur. De ce fait, Godefroy examina de plus près

29

cette Jacotte, en insistant sur ses formes prometteuses, mais cette dernière n'en fut pas effrayée outre mesure.

Il se sentit alors tout émoustillé devant ce joli minois, ce corps rebondi à point, qui lui faisait songer à une jeune poularde, qu'il aurait, diantre, bien dégustée ! Car ce n'étaient pas les grasses ribaudes qu'il troussait dans les arrière-boutiques des tavernes qui le rassasiaient suffisamment... Et puis cette Jacotte se trouvait à portée de ses mains, selon ses pulsions bien naturelles pour un homme en pleine santé, et qui le saisissaient brusquement.

Toujours avec la complicité d'Ulric, le sire s'arrangea donc pour la faire œuvrer dans son appartement, afin qu'il pût lorgner à loisir ses appâts généreux, sans avoir à se déplacer. La belle servante, qui n'était point tout-à-fait sotte, se déhanchait de telle sorte, lorsqu'elle vint tirer les tentures de sa fenêtre pour la première fois, que celui-ci, n'y tenant plus, l'attrapa par un bras, et l'attira à lui.

- Mais dis-moi, Jacotte, te voilà devenue une belle plante, à présent !

Non seulement la jeune fille ne se montra pas intimidée, mais elle se tortilla de telle sorte que son corsage tombât, libérant ses nichons splendides et fermes. Alors Godefroy la renversa sur sa couche et, quand il voulut la trousser, il découvrit que l'intimité de la belle n'était pas même voilée par la plus petite étoffe. Il se jeta sur elle, puis en elle, et jouit en criant très fort :

- Tudieu! Que c'est bon !

Ce fut seulement après qu'il lui posa la question.

- Tu dois sûrement avoir plus d'un garçon dans tes jupons, parmi ces jeunes cuistres qui sont engagés ici... hummmmmmmm ?

- Oh non, Seigneur ! Ils sont trop laids pour moi ! Répondit-elle en remettant sa robe.

- Écoute-moi bien, ajouta-t-il soudain, je veux que chaque soir tu viennes préparer ma couche.

Alors les joues de Jacotte s'empourprèrent d'un plaisir non retenu.

Donc, chaque soir, sans aucune précaution de confidentialité, car chacun savait que le seigneur pouvait jouir de ses servantes, Godefroy se vautra dans un plaisir indicible, tant la félinité de Jacotte éveillait en lui des besoins nouveaux.

Il se sentait rajeuni d'au moins quinze années, et cela eut pour conséquence heureuse d'assouplir un peu son humeur guerrière. Bref, il songeait moins à écraser ses voisins.

Personne n'alla s'en plaindre, à l'exception de sa fille Lidwine qui, à l'aube de ses seize ans, se montrait révoltée par l'attitude désinvolte de son père. Si elle devait tolérer la suprématie masculine, qui pouvait s'avilir sans crainte d'être mal jugée, elle bouillait d'indignation à l'idée que son père, dépravé de la sorte, eût fait enfermer sa mère pour une erreur dont elle était innocente.

Elle aussi, comme le sire de Lanicey, possédait une rancune tenace, et n'hésita pas à lui exprimer sa colère.

- Père, comment pouvez-vous vous montrer aussi déloyal envers votre épouse qui gît dans la pire des oubliettes ?

- Ce n'est pas à vous, Lidwine, de me critiquer sur mes actes. Toute fille doit le respect à son père, à commencer par vous. Ne vous l'ai-je pas assez enseigné ? Ces histoires-là ne vous concernent pas.

- Si ! Coupa-t-elle, car il s'agit de ma mère !

Le sire détourna alors la conversation.

- Vous feriez mieux de vous préparer à prendre un époux, et c'est ce à quoi je vais m'employer à présent.

Elle fronça les sourcils, impatientée.

- Surtout ne prenez pas cette peine ! Je saurai bien le trouver seule...

- Ignorez-vous donc qu'une fille doit épouser un homme choisi par son père ? Et je connais, parmi mes amis, de magnifiques partis qui feront de vous une princesse.

- Je n'en ai nul besoin : il existe suffisamment d'hommes jeunes et beaux parmi nos voisins. Et je vais prier Dieu pour qu'il ne vous ressemble point.

- Il le faudra bien, pourtant. Mais j'aime beaucoup vous voir en cet état, quand vous resplendissez de colère, car vous êtes bien ma digne fille !

Jacotte, de son côté, fut l'objet de jalousies sans nombre, et de médisances bien féminines de la part des autres servantes. Mais celles-ci se gardaient bien de le montrer ouvertement, craignant que cela remontât aux oreilles du sire, et de perdre ainsi leur place.

La misère était souveraine dans les villages : beaucoup de personnes mouraient de faim, de froid, ou d'épuisement dans les durs labeurs qui leur laissaient à peine de quoi nourrir leurs rejetons. Quant aux femmes, elles mouraient jeunes, accouchant trop souvent, et ne gardant que trois ou quatre enfants : les trois-quarts de ceux-ci décédaient avant l'âge de deux ans. Les servantes du sire de Lanicey n'osaient pas se plaindre, car elles étaient logées, nourries correctement, et pouvaient trouver un époux sans trop de peine.

Malheureusement pour la belle Jacotte, celle-ci découvrit au bout de quelque temps qu'elle était devenue grosse. Ce fut une catastrophe pour elle, car elle pressentait que Godefroy n'accepterait jamais de reconnaître cet enfant. Quand elle révéla son état au sire et qu'elle fit allusion à sa paternité, à la fin d'une voluptueuse étreinte, ce dernier se leva derechef.

- Rien ne peut me le prouver, et je suis même certain que tu as dû te frotter à plus d'un gars, quand tu es en chaleur… !

- Oh ! Comment pouvez-vous croire ça, moi qui vous aime plus que quiconque. Je peux vous en faire le serment.

- C'est cela ! S'emporta-t-il, je sais ce que valent les serments, moi ! (et il songeait à Mahaut).

Godefroy se sentait contrarié par ce problème domestique dont il n'avait pas besoin.

Le lion se mit à rugir en lui. Il arpenta furieusement sa chambre, renversa au hasard les objets qu'il rencontrait sur son passage. Les serviteurs, intrigués par ce vacarme, se postèrent furtivement derrière la porte pour écouter et rire tout bas.

- Je ne reconnaîtrai jamais ce bâtard, hurla-t-il, si toutefois j'en suis bien le père ! Car avec les femmes, sommes-nous sûrs de quelque chose ? Elles ne sont que des roublardes, des catins. Alors, sais-tu ce qu'il te reste à faire, ma toute belle ?

Et son regard de vautour la transperçait déjà.

- Tu vas déguerpir d'ici, cria-t-il, et le plus tôt sera le mieux.

En entendant ces épouvantables paroles, Jacotte ne put s'empêcher de trembler, à l'idée d'être enfermée comme son ancienne maîtresse, dans une sombre oubliette du château, il y avait deux ans déjà...

- Ne vous inquiétez pas, sire. Mais laissez-moi quelques jours, le temps de faire mon baluchon.

Trois jours après cette mémorable scène, Godefroy vit s'éloigner, au petit matin, au fond de la vallée brumeuse, un chariot conduit par un vieil étalon. L'animal semblait peiner pour tirer ce chargement.

Enfin soulagé par le départ de Jacotte, le baron repartit au tripot pour trousser de nouvelles ribaudes.

Au bout de ces deux années, la jolie Mahaut n'avait plus guère l'apparence d'une dame, ni même celle d'une femme... Son corps harmonieux était devenu méconnaissable, décharné et sale, croupissant dans un cachot fétide, humide et à peine éclairé.

L'image ignoble de son aimé décapité, puis découpé en morceaux devant elle, la hantait jours et nuits, car si elle s'assoupissait un peu, il s'imposait dans ses cauchemars. Mais elle ne regrettait rien, hormis la présence de ses enfants. Mahaut s'était installée le dos à sa lucarne, comme pour se retirer de la vie. Chaque jour, elle descendait un peu plus dans son enfer, ployant sous le chagrin. La jeune femme devait se tenir constamment courbée, tant la voûte, construite à même la roche, était basse. Son buste s'était cassé en deux. Elle souffrait du dos en permanence et n'osait plus bouger.

Les rats avaient rongé le bas de sa bure, devenue un haillon et, en hiver, elle grelottait de froid, ne sentant plus ses membres. Par basses températures, très fréquentes en cette région jurassienne, on lui jetait une couverture dans laquelle elle parvenait à s'enrouler péniblement.

Mahaut avait cessé d'appeler quelqu'un à son secours, de gémir, ou même d'essayer de supplier ses gardes. Godefroy les avait recrutés parmi les plus cruels de ses soldats, dépourvus de tout sentiment humain. L'un d'entre eux, qui avait osé s'apitoyer sur le sort de la pauvresse, s'était vu renvoyé sur-le-champ. Tous les autres, impassibles, effectuaient leurs tâches sans aucun état d'âme : ils lui apportaient quotidiennement un infâme gruau dans lequel surnageaient quelques croûtes de pain rassis, le tout accom-pagné d'un pichet d'eau. Ou alors ils changeaient de temps en temps sa litière. Elle était devenue semblable à un animal!

L'hiver très rude suspendait de gigantesques glaçons après le soupirail. Quand ceux-ci réussissaient à fondre, tard dans le ciel gris et pluvieux du printemps, l'eau s'écoulait le long des parois de sa prison et formait des moisissures.

Troisième partie

La beauté affirmée de Lidwine, allant sur ses seize printemps, commença à tourmenter son père. Il n'eut plus qu'une idée en tête : la marier. Après tout, songeait-il, elle se trouvait en âge de convoler, et cela aurait pour effet d'éloigner ses nombreux jeunes soupirants qui lui faisaient les yeux doux dans le voisinage.

Ce serait une affaire aisée à conclure, compte tenu qu'elle serait pourvue d'une belle dot, non négligeable pour un gentilhomme évidemment.

Pour son fils, héritier du fief, il avait d'autres vues : il lui trouverait une jeune fille de haute noblesse pour redorer son blason.

Pour en revenir à Lidwine, Godefroy avait réfléchi que, plutôt que de la laisser s'enticher d'un jeune tourtereau sans avenir, il s'avérerait plus judicieux pour lui d'exploiter la beauté de sa fille, afin d'agrandir son propre territoire. N'était-ce pas un cadeau du ciel que de posséder une aussi jolie fille ? La religion n'enseignait-elle pas, à qui voulait bien l'entendre, qu'il était un devoir de faire fructifier les dons que le Maître Suprême vous avait accordés ?

Fort de cette décision, il ne lui restait plus qu'à former une alliance avec un seigneur dont les terres se tiendraient assez éloignées des siennes, et le tour était joué.

À cette époque, en plein règne de Philippe-Auguste, fils de Louis XII, le comté de Bourgogne, dont faisait partie la forteresse de Lanicey, n'était pas encore rattaché à la dynastie capétienne. Le roi de France, bien qu'il s'évertuât à le conquérir, ainsi que d'autres comtés, avait échoué dans cette entreprise. Les Bourguignons subirent toutes sortes d'invasions. Les Burgondes, entre autres, provenant de Scandinavie, y laissèrent leur nom. Ce comté était rattaché au Saint Empire Germanique, comme tous les comtés situés à l'est de la France.

Philippe-Auguste, roi de France, fut d'abord allié à Richard Cœur-de-Lion, roi d'Angleterre, afin d'aider ce dernier à renverser son père du trône. Ils participèrent ensemble à la troisième Croisade, accompagnés par Frédéric Barberousse, empereur germanique, qui fut noyé là-bas. Philippe-Auguste revint en France en 1191, et fit la guerre à Richard Cœur-De-Lion pour s'emparer de ses terres aquitaines, cherchant à agrandir le territoire français.

Godefroy s'était élancé avec dévotion dans cette croisade, car il aimait guerroyer et servir son Empereur. Les seigneurs bourguignons, tout comme le peuple bourguignon, se révélaient particulièrement belliqueux, téméraires, audacieux, et s'illustraient par leur courage légendaire. Leurs innombrables cicatrices, plaies et bosses qui les recouvraient, étaient exhibées avec une grande fierté. En outre, cela leur conférait un prestige certain aux yeux des nobles Dames qui se pâmaient d'admiration pour eux.

Durant cette Croisade où le sire de Lanicey combattit les Turcs, afin de libérer Jérusalem des infidèles, celui-ci perdit beaucoup de ses valeureux compagnons, atteints par la même ardeur que la sienne.

Mais il noua aussi de solides amitiés avec d'autres guerriers venus de divers points d'Occident : des Latins, des Anglais, des Français ou des seigneurs germaniques appartenant à un autre comté que le sien.

Ce fut seulement en 1366 qu'une partie du comté de Bourgogne prit le nom de Franche-Comté.

Ce fut sur les terres du Levant où, durant un combat très sanguinaire, le baron de Lanicey se prit d'amitié pour le duc de Sacht. Ce dernier avait hérité de son oncle germain d'un fief dans le comté nivernais et possédait de ce fait une maison-forte à Varois.

Godefroy allait se faire emboutir par un Turc, quand Othon de Sacht, d'un féroce coup d'épée, fit gicler le sabre de l'ennemi. Ce fut un miracle, car le baron allait se faire trancher la gorge. Devenu reconnaissant envers ce sauveur inopiné, Godefroy le suivit et le rejoignit dans son camp, ce qui expliqua sa disparition pour ses anciens compagnons d'armes jurassiens.

Par le plus pur des hasards, Godefroy fut invité à une fête organisée par le comte de Cravade, un de ses voisins, en son superbe château. Celui-ci était construit dans un cadre très pittoresque : perché sur un promontoire rocheux, il offrait un panorama splendide au-dessus d'une vallée sillonnée par un fleuve. Il possédait deux tours, au lieu d'une seule, et faisait preuve d'innovation sur le plan architectural.

Parmi les nombreux convives réunis dans l'immense salle d'armes, transformée en salle de réception, Godefroy eut l'heureuse surprise de rencontrer un couple de châtelains, venu du comté nivernais. Ce seigneur, comte d'Epinoy, accompagné de son épouse, était un cousin d'Othon de Sacht. Aussi le baron s'empressa-t-il de s'enquérir à son sujet.

- Othon se porte à merveille, répondit ce cousin, bien qu'il ne possède plus cet enthousiasme que vous avez tant apprécié en lui.

- Ah ? Que lui est-il donc arrivé ? Il m'a sauvé la vie en Terre Sainte et je ne l'oublierai jamais.

- Comment ? Continua le cousin, ne savez-vous donc pas qu'il a connu l'immense douleur de perdre son épouse, voici un an de cela ? Il ne quitte plus guère sa demeure, comme s'il avait perdu le goût de la vie...

- Ventre-Dieu ! S'écria Godefroy. Mais non, cher sire. J'en suis présentement atterré, car je me souvenais bien de sa charmante épouse, si jolie et si douce ! Moi-même, voyez-vous, je me suis rendu seul ici, car mon épouse est tombée gravement malade, et je n'ai pas voulu lui faire courir le risque de prendre froid.

— Comme je vous comprends ! Répondit gracieusement la comtesse d'Epinoy.

Puis, changeant de ton :

— Je suis presque certaine que notre cousin sera ravi de vous revoir, car il ne cesse de parler de vous lorsqu'il évoque ses souvenirs de Croisade. J'en suis restée impressionnée.

Le sire de Lanicey en fut très flatté.

— Moi aussi, déclara-t-il sincèrement. Je serais enchanté de le revoir, parce qu'il est devenu plus qu'un ami pour moi : c'est un frère de sang !

— Dans ce cas, ajouta la comtesse, toute souriante, je ne manquerai pas de lui relater notre rencontre ici.

— En outre, renchérit le comte d'Epinoy, je pense qu'il sera très honoré de vous recevoir chez lui. Pouvons-nous le prévenir que vous lui rendrez visite prochainement ?

— Eh bien, pourquoi pas ? Cela me fera une balade bien agréable, car j'aime chevaucher à travers bois et campagne.

— Alors, permettez-moi de vous suggérer de lui rendre visite dans une semaine, le temps de nous laisser le soin de le prévenir.

— Soit, je suis d'accord. Buvons à sa santé ! Déclara Godefroy, tout heureux à l'idée de retrouver son ami sous peu.

Une semaine plus tard, au petit matin, le sire de Lanicey galopa de bon train, en direction de la maison-forte de Vauze, située aux confins de la Bourgogne, dans le comté de la Nièvre.

Le sol était si profondément gelé qu'on avait peine à enterrer les morts, très nombreux cette année-là. Il fallait les brûler sur une colline spécialement aménagée à cet effet.

À l'entrée du village, juste avant la forteresse, un homme était resté pendu à un arbre, et personne n'avait songé à récupérer son corps. C'était sans doute un pauvre hère, sans famille aucune.

Godefroy héla un paysan qui rentrait ses bestiaux dans l'écurie, et le questionna :

- Qu'a donc fait ce manant-là, pour être condamné de la sorte par le châtelain d'ici ?

Le paysan vit immédiatement qu'il s'agissait d'un seigneur, aussi répondit-il avec prudence.

- Bah ! – Et il essuyait la neige qui s'incrustait dans sa longue barbe – il a osé voler du bois au seigneur de Sacht. S'il n'avait pas été pendu, tout le monde en aurait fait de même, alors celui-ci nous sert d'exemple...

- Effectivement, confirma le baron. Votre seigneur a raison.

Sans même entendre la réponse, l'homme poussa ses maigres bœufs dans l'écurie, en grommelant tout seul.

Le château fortifié apparut à un tournant, imposant, isolé du village qui s'étendait à ses pieds. Moins massif que la propre forteresse du sire de Lanicey, comparée à un nid d'aigles, il émergeait dans la campagne enneigée et très vallonnée, étant érigé sur une hauteur. C'était une construction rectangulaire, défendue par une double rangée de fossés. Derrière les remparts s'élevait une énorme bâtisse, flanquée d'une tour quadrangulaire. Ce bâtiment était entouré par une ceinture de mâchicoulis, et surmonté d'un chemin de ronde. Dans la première enceinte se dressait une église, comme dans beaucoup de villages. Le baron pensa que l'ensemble avait besoin d'être rénové et jugea cette forteresse moins impressionnante que la sienne, qui était sertie entre les rochers. Mais il l'admira tout de même.

Une fois annoncé au château, il attendit très peu de temps au salon, avant que la porte s'ouvrît vivement devant Othon, bondissant de joie.

« Il n'a pas changé » constata le sire de Lanicey, ému lui aussi. Son visage avenant, mat, souligné par une moustache bien entretenue, possédait la même dignité et la même vigueur. Il apparaissait juste de très fines rides au coin de ses yeux bleus, témoins de son chagrin récent. Il n'avait pas pris d'embonpoint et présentait encore fière allure. Godefroy ne put s'empêcher de songer que son ami pourrait devenir un parti idéal pour sa fille, et se félicita intérieurement à cette idée.

Après s'être donné une forte accolade, les deux amis s'observèrent en riant bruyamment, afin de masquer leur émotion. Puis Othon se fit un plaisir de lui faire visiter son château, couvert de tapisseries aux murs pour faire barrage au froid. Et ce fut non sans orgueil qu'il le conduisit jusqu'au donjon où le dernier étage faisait office de prison.

Godefroy entrevit par une meurtrière croisée de barreaux quatre hommes enchaînés et attachés à quatre énormes anneaux qu'il eût été bien difficile de rompre, car ceux-ci étaient cloués aux pierres du plafond. Cette pièce était petite et ronde. Les murs étaient extrêmement épais, pouvant mesurer environ trois mètres. Un seul hublot leur permettait d'apercevoir des champs à perte de vue, actuellement recouverts de neige.

- Fort bien ! Siffla-t-il d'admiration, mais moi j'ai encore mieux : j'ai des oubliettes. Ces hommes sont-ils des ennemis ? – Godefroy pensait à des Anglais.

- Pas du tout, répondit Othon. Ce sont de simples rebelles qui doivent apprendre l'obéissance ici. Il faut toujours se faire respecter, mais ce n'est pas à vous que je vais l'apprendre, n'est-ce pas, vieux frère ?

Et il lui donna des bourrades amicales dans le dos.

Godefroy ne put qu'appuyer ses dires, lui qui n'hésitait pas à emprisonner ceux qui avaient le courage de le contredire...

De retour à la salle d'accueil qui, du temps de feu son épouse, fut une salle de réception, ils burent du vin pour fêter leurs retrouvailles. Puis Othon servit du pur hydromel aux vertus fortifiantes qu'il avait fabriqué lui-même. Il se targuait d'ailleurs de puiser sa force physique en ce breuvage, coutume qu'il avait adoptée des Gaulois.

Après avoir avalé un bon nombre de chopes de vin parfumé, les deux amis se sentirent si détendus qu'ils en arrivèrent aux confidences.

- Hé oui, répétait Othon pour la énième fois, je me sens si seul, à présent, dans ce château ! J'ai bien quelques amis comme le comte de Cravade ou le sire de Griffard, et heureusement pour moi, mais personne ne pourra remplacer ma chère Anne-Claude.

Godefroy put reconnaître que son ami avait toujours le vin triste lorsqu'il en avait abusé.

Le sachant fragile à ce stade-là, il lui suggéra en riant:

- Allons, mon ami ! Ce ne sont pas les Dames belles et fortunées qui manquent dans votre comté. Et je suppose que vous devez en intéresser plus d'une : pourquoi ne prendriez-vous pas une seconde épouse ? Vous êtes plus jeune que moi et, à vingt-huit ans, vous êtes encore bien conservé. Et puis, avez-vous songé que vous n'avez point de descendance ?

- Je sais. Ma pauvre Anne-Claude n'a jamais pu mener une grossesse jusqu'à son terme... Et elle en a beaucoup souffert.

Le duc poussa un profond soupir et conclut :

- Aucune Dame ne pourra remplacer mon cher ange, ma chère Anne-Claude.

Et il ferma un instant les yeux comme pour mieux retrouver son image.

- Même pas celle-là ? Tenta le rusé baron.

Othon les rouvrit, étonné par ce propos. Il découvrit alors, complètement ahuri, un exquis dessin représentant une jeune fille, très jeune, tendu par son ami.

- Je vous présente Lidwine, ma fille, précisa-t-il avec fierté. Est-ce qu'elle ne vous déplaît pas ?

Le brave duc de Sacht en resta bouche bée !

Il ignorait que le baron de Lanicey possédait une telle perle de fraîcheur, de grâce naturelle, alliées à un soupçon d'énergie, révélée par un regard franc, et pourtant rêveur..

Son chignon blond, retenu par un fin voile, lui conférait de la noblesse.

Ah ! Mais devenait-il fou ? Il avait peine à détacher son regard de ce visage lumineux !

Puis très vite, il chercha à refouler cette émotion qui l'avait saisi, et qui l'indignait, par ailleurs.

Mais Godefroy, très finaud, détecta cet instant de défaillance et, flairant le moment opportun, frappa sa poitrine d'un grand coup de poing, avant de déclamer.

- Voyons ! Othon, mon cher frère d'armes, je sais que feu votre charmante épouse régnera en souveraine dans votre cœur, ce qui est tout-à-fait normal. Mais votre vie doit continuer, et vous devez donner un héritier à votre peuple. Disons que votre seconde épouse sera une favorite, tout simplement.

Comme le duc ne répondait pas, il enchaîna.

- Je vous fais cette proposition qui, je le conçois, peut vous choquer, mais c'est en toute amitié, parce que votre chagrin fait peine à voir, et que je souhaiterais vous venir en aide. Comprenez-vous cela ?

Le duc de Sacht, ayant peu à peu retrouvé ses esprits, ne put que balbutier.

- Dieu ! Est-ce possible ?

- Pourquoi pas ? Renchérit le sire. Et puis, vous savez bien que je vous serai éternellement reconnaissant de m'avoir tiré d'affaire en Terre Sainte, lorsque ce Turc m'a voulu massacrer ! C'est pourquoi j'estime qu'il est en mon devoir et en mon honneur de chevalier de vous proposer ma fille en récompense. C'est cela, l'amitié ! Sans compter qu'elle bénéficiera d'une dot non négligeable qui vous permettra peut-être d'acheter de nouvelles terres en frontière des miennes, ce qui resserrera nos liens.

Était-ce l'effet de l'alcool qui, chez Othon, annihilait sa volonté, ou qui altérait son jugement ? Il eût été incapable de le dire. Mais ce discours l'avait ébranlé. Il réussit enfin à répondre.

- Écoutez, je crois que je me laisserais volontiers tenter. Comment ne pas fondre devant une telle beauté ?

Il en restait tout bouleversé, comme s'il avait rêvé...

- À la bonne heure ! S'écria Godefroy, et il lui servit encore un verre.

- Non, merci, répondit-il, j'ai assez bu à présent.

Othon, ayant retrouvé tout-à-fait ses esprits, s'enquit alors.

- Mais votre fille, que dit-elle à ce sujet ?

Godefroy pivota sur lui-même, tant cette question le surprit !

- Que voulez-vous qu'elle dise ? Elle fera ce que son père a décidé pour elle, en fille bien éduquée.

- Oui, bien sûr ! Mais je suis sentimental, et je préférerais obtenir son consentement.

- Nous arrangerons cela, promit le sire, en lui faisant un clin d'œil.

En galopant dans le sens inverse, le sire se félicitait de son audace. Son affaire avait été rondement menée ! Bien sûr, il lui fallait à présent l'annoncer à Lidwine. Et il connaissait le caractère volontiers rebelle de sa fille. Mais elle était jeune : il saurait bien la persuader d'accepter cette chance qui s'offrait à elle. Sinon, il saurait bien la dompter.

43

Godefroy s'était débarrassé de son fils Quentin, après l'enfermement de Mahaut, car celui-ci s'opposait trop à lui, et le baron entendait bien rester le seul maître dans sa forteresse.

Comme il jouissait de bonnes relations avec son suzerain, le duc de Bourgogne, il s'était entendu avec ce dernier, afin de lui adresser Quentin durant deux années pour parfaire son éducation militaire à Dijon. Cela représentait le prétexte qui avait été proposé au jeune homme.

Sachant qu'il ne pouvait pas refuser cette offre, Quentin s'était éloigné le cœur lourd pour deux raisons : d'une part, il détestait le comportement de son père et, d'autre part, il s'était aperçu qu'il ressentait un sentiment amoureux envers Aliénor de Scéry.

Cette jeune fille, orpheline, et ramenée par le baron à la mort de son père lors d'un combat contre des barbares, était de petite noblesse et surtout désargentée. Âgée de dix-huit ans, tout comme Quentin, il l'avait d'abord considérée comme une camarade, bien qu'elle fût déjà fort jolie.

Et puis le jeune seigneur avait déjà troussé bon nombre de petites villageoises, renversées sur un tas de foin ou au fond d'une grange. Mais aucune n'avait laissé un souvenir impérissable en lui. Celles-ci l'avaient seulement amusé.

Mais un jour où il revenait de la chasse, Quentin avait surpris par mégarde Aliénor qui se baignait dans la rivière coulant en contrebas de la forteresse, dans leur bois. La jeune fille, d'origine espagnole du côté de sa mère, possédait une peau dorée. Elle avait dénoué ses longs cheveux noirs qui cascadaient jusqu'à sa croupe bien cambrée. Comme elle lui tournait le dos, il ne pouvait qu'apercevoir sa poitrine moulée à point lorsqu'elle se plaçait de côté. Se croyant à l'abri de tout regard, Aliénor s'aspergeait d'eau fraîche, et laissait glisser langoureusement ses mains sur ses formes intimes... Pour Quentin, elle représentait une Vénus pétrie de volupté.

Le jeune homme s'était senti foudroyé d'amour, là, au bord de la rivière. Alors il avait reculé son cheval tout doucement pour ne point faire de bruit, et il l'avait contemplée longuement, le cœur battant à se rompre.

Enfin, lorsque sa baignade avait pris fin, la jeune fille avait saisi ses chaussures, laissées sur le bas-côté du terrain, et enfilé une longue chemise blanche. Puis elle s'était rapprochée du château, comme à regret.

Quentin partit quinze jours plus tard pour Dijon. Il se sentait le cœur lourd, car il savait que sa pauvre mère n'avait pas été libérée, d'une part, et que d'autre part, il devait quitter celle qu'il désirait tant dans sa chair et dans son cœur.

Quatrième partie

Le lendemain de cette fructueuse entrevue avec son ami, le sire de Lanicey fit mander sa fille. Il s'était installé dans la pièce qui contenait les archives de la forteresse, ainsi que divers plans et grimoires. Située au dernier étage du donjon, celle-ci constituait un lieu d'entretiens privés, à l'écart des oreilles trop indiscrètes. On y accédait par un escalier tournant à vis, taillé dans les murs très épais. Un garde en surveillait l'accès. C'était là qu'il réunissait ses compagnons d'armes, si besoin était : il les avait convoqués pour les haranguer, autrefois, sur la nécessité de combattre les infidèles. C'était là qu'il fomentait une bataille ou organisait une stratégie afin de refouler les ennemis.

Il avait choisi cette salle pour s'entretenir avec Lidwine, ayant pour intention de l'intimider. La jeune fille connaissait l'existence de cette pièce, mais elle s'y était rarement rendue, sauf pour la visiter car, en principe, les dames y étaient exclues.

Godefroy lui signifiait ainsi que c'était un honneur pour elle.

Tout en invitant sa fille à s'asseoir, il contemplait avec ravissement sa beauté, semblable à celle de sa mère autrefois. Il avait épousé Mahaut lorsqu'elle était âgée de quinze ans, l'âge que possédait Lidwine, et ce mariage avait été choisi par lui. Pour Mahaut, il avait fondu d'amour ! À sa vue, il avait senti son sang bouillonner dans tous les sens, et il n'avait songé qu'à cette nuit de noces qui s'était fait trop attendre à son goût. À cette époque, les guerres incessantes qui ravageaient le pays ne comptaient plus guère pour lui. Il se languissait de sa promise : mais il était un homme !

- Lidwine, commença-t-il d'un ton ferme, je vous ai fait venir ici pour une cause sérieuse. J'ai un dessein pour vous, moi, votre père qui vous aime et qui vous honore, comme vous le savez. J'ai déjà fait allusion à ce projet à diverses reprises, mais ma décision n'était pas certaine. Or, elle l'est à présent.

Celle-ci, sentant l'heure grave, compte tenu de l'endroit où il l'avait convoquée, restait sagement assise sans bouger. Seuls ses longs cils palpitaient à ses paupières, indiquant qu'elle fût encore en vie. Bien que fortement intriguée, elle se doutait que son père avait manigancé quelque chose à son égard, mais elle était résolue à ne pas se soumettre trop rapidement à ses désirs.

- Voilà ! Déclara-t-il en se redressant d'un air important, ce que je souhaite pour votre bien : vous accédez à l'âge où une jeune fille de votre rang peut songer à prendre époux, à faire le bonheur d'un gentilhomme de valeur, bon guerrier par surcroît, et qui saura veiller sur vous en retour. La vie est courte, et les années me sont comptées, à présent. Mon devoir est d'assurer votre avenir par vos épousailles avec un homme digne de vous.

Lidwine, à ces mots, ne put s'empêcher de sursauter.

« Ciel ! Songea-t-elle, qui va-t-il me dénicher comme prétendant ? » Depuis un certain temps, son cœur s'émouvait tendrement en la seule présence de Guillaume, un jeune valet ou page qu'un duc de Lorraine avait placé chez son père, afin que celui-ci lui enseignât l'art de la guerre. Ce jeune homme la dévorait du regard depuis environ un an. Tout d'abord, Lidwine ne lui avait prêté aucune attention, le considérant comme un compagnon de jeux, car il devint l'ami de son frère, Quentin. Puis, un jour où elle cherchait à observer son image, penchée au-dessus du puits, où l'eau lui renvoyait le reflet de son fin visage, encadré de tresses blondes, elle surprit le regard de Guillaume posé sur elle, et elle put lire l'admiration qu'il éprouvait pour elle.

Lidwine avait gardé ce doux secret pour elle seule, craignant de le perdre si elle le révélait à quiconque.

Elle sortit tout-à-fait de ses songeries lorsque le baron précisa :

- Aussi ai-je pensé à vous unir à un preux Chevalier et ami de longue date, puisque nous avons combattu dans la même Croisade. Il est plus âgé que vous, certes, mais il possède la vaillance et la bonté.

- Ah Père ! Répondit-elle vivement, je ne doute pas de votre bonne intention à mon égard, et je vous en remercie. Mais, de grâce, gardez-moi encore un peu sous votre toit : je ne suis pas pressée de me marier.

- Et pourquoi donc ? Fit le sire, étonné.

- Eh bien parce que je ne m'y sens pas prête... et puis...

L'existence de Guillaume n'était pas seule en cause dans ce manque d'empressement.

Elle prit un ton ferme à son tour :

- Père, il faut que vous sachiez que je ne quitterai pas cette demeure tant que ma mère restera captive dans un horrible cachot. C'est inconcevable pour moi !

Lidwine releva son menton insolemment, et ne détourna pas ses yeux sous les éclairs de fureur qui provenaient de ceux du sire.

Elle savait que seul cet argument valait plus que tout autre, afin de stopper son père dans cette décision.

Le sire de Lanicey fronça ses épais sourcils semblables à la crinière d'un cheval tant ils étaient longs et, d'une voix puissante, tonitrua :

- Jamais ! M'entendez-vous ? Cette garce n'existe plus.

Puis il se reprit.

- Pardonnez-moi cette expression pour désigner celle qui fut votre mère.

Lidwine, habituée aux coups de sang de son père, ne se laissa pas intimider. À la différence de dame Mahaut, sa

49

vénérée mère, elle cachait une main de fer dans un gant de velours.

- Mais, Père, s'efforça-t-elle de répondre en essayant de dissimuler son courroux, je ne désire pas refuser ce projet pour l'instant : je sollicite simplement votre accord afin de rester auprès d'elle, la sachant sous ces pierres.

Godefroy n'avait pas envisagé cette hypothèse qui contrecarrait ses plans. Il se promena de long en large dans la pièce afin de se calmer et de tenter de réfléchir. Il connaissait suffisamment sa fille, ainsi que son entêtement, dont il était fier, car il signait bien son appartenance à ses glorieux ancêtres. Mais il briserait cette volonté au besoin car, après tout, de par son sexe, elle devait se soumettre.

Furieux, il fit un geste en direction de la porte, ce qui signifiait qu'elle pouvait se retirer. Mais Lidwine ne l'interpréta pas ainsi. Sa curiosité l'emporta :

- Pourrais-je au moins connaître le nom de celui auquel vous souhaitez lier mon sort?

Le sire se radoucit un peu.

- Oui, il s'agit du duc Othon de Sacht, âgé de vingt-huit ans. C'est grâce à son zèle si je suis encore en vie. Il est veuf depuis un an et se lamente parce qu'il n'a pas de descendance. C'est un fort bel homme, croyez-moi, et doté d'un excellent cœur. Il possède une belle forteresse dans le comté nivernais.

- Alors, permettez-moi d'être surprise. Comment se fait-il qu'il n'ait point encore trouvé une Dame à son goût ?

- Parce qu'il est exigeant, et ne désire pas convoler avec une péronnelle qui se jettera à son cou, en convoitant ses biens.

Il insista particulièrement sur le fait que son ami ne paraissait pas hostile à ce projet de mariage, en omettant toutefois de lui révéler qu'il lui avait montré son portrait. Et il appuya sur le fait qu'elle deviendrait duchesse, honneur non négligeable, évidemment.

Dans les jours qui suivirent cet entretien, Lidwine fit en sorte de ne pas se trouver aux côtés de son père, en aparté. Heureusement, leurs repas étaient pris en commun avec Aliénor qu'elle considérait comme une sœur. Celle-ci, à qui elle avait confié ses inquiétudes, se trouvait assez indécise : d'une part, elle comprenait bien les soucis du baron face aux incertitudes du lendemain. Mais d'autre part, elle partageait la révolte de Lidwine au sujet du sort affreux et injuste subi par sa mère.

- Écoutez, lui conseilla Aliénor, un jour où le sire avait décidé de rencontrer le régisseur pour faire le point sur les recettes du domaine, rien ne vous oblige à donner votre réponse de sitôt. Vous êtes jeune et pouvez demander le bénéfice de la réflexion. De ce fait, vous paraîtrez plus sage…

Lidwine fut sur le point de lui confier son doux secret au sujet de Guillaume, puis elle se ravisa, pensant que c'était peut-être prématuré.

Godefroy reçut un messager de son ami le duc, chargé de lui transmettre que, après mûre réflexion, il acceptait sa proposition d'épousailles avec Lidwine. Cela lui permettrait, avec sa dot, d'entreprendre la rénovation de sa Maison-Forte. Mais il n'osa pas avouer qu'il se trouvait déjà sous l'emprise de cette jeune beauté.

Le sire réfléchit à la décision de Lidwine, à savoir que celle-ci souhaitait le retour de sa mère parmi eux avant de se marier, et il se rendit compte qu'il était indispensable de faire disparaître Mahaut pour que ce mariage se réalisât. Pour lui-même, elle était morte depuis longtemps.

Il s'enquit auprès des gardes de son état de santé, et ceux-ci lui apprirent que sa vie ne tenait plus qu'à un fil... Alors, il serait très aisé de le rompre définitivement.

Pour ce faire, il fit mander en sa pièce secrète, en haut du donjon, Ulric, son serviteur sans âme, et lui ordonna en ces termes :

- Cher ami, j'ai une besogne un peu spéciale à te faire exécuter, et je pense sincèrement que tu es la seule personne en qui j'aie confiance.

- J'en suis très flatté, sire, répondit l'affreux sbire. Et son visage aux traits burinés et durs s'éclaira d'un sourire de satisfaction.

- Ce que je vais te demander requiert une extrême prudence, et surtout un secret absolu.

Godefroy s'éclaircit un peu la voix, puis déclara d'un trait :

- Voilà ! Il s'agit pour toi de mettre fin à la vie de Mahaut, cette chienne qui a ruiné ma réputation et ma suprématie en cette forteresse. Mais tout le monde doit penser qu'elle s'est éteinte naturellement.

Ulrich ne tressaillit même pas, et s'inclina devant son maître pour affirmer :

- Il en sera fait selon votre volonté, maître et seigneur ! Mais il me faudra une clé afin de pénétrer en son cachot.

- Cela ne pose pas de problème : je t'en procurerai une. Mais souviens-toi de ce que je t'ai dit. Seuls toi et moi connaîtront la vérité.

- Vous n'avez rien à craindre, répéta l'homme sans cœur. Quand dois-je intervenir ?

- Le plus tôt sera le mieux. Pourquoi pas cette nuit, lorsque tout le monde sera couché ?

Le sire fouilla dans un tiroir secret de sa table de travail, et en sortit une clé pour Ulric.

- Tiens, je te la confie, mais rapporte-là moi demain matin, lorsque ta besogne sera accomplie. Je me tiendrai dans cette pièce. Allez, bonne chance !

Quand la nuit devint complète et que tous les habitants de la forteresse furent endormis, une ombre se glissa dans le souterrain qui conduisait aux oubliettes. Le garde de Mahaut ayant été suffisamment enivré pour ne point se réveiller, un homme pénétra à l'intérieur du cachot. Il regarda à peine la malheureuse baronne qui n'était plus qu'un petit amas d'os, surmonté d'une tignasse blanche. On eût dit qu'elle ne faisait déjà plus partie de ce monde ! Pourtant elle respirait encore faiblement. L'homme saisit la couverture qui la recouvrait, la roula en boule et l'enfonça longtemps sur le visage de Mahaut. Celle-ci se débattit très peu, et son dernier souffle fut étouffé par la couverture... Après s'être assuré qu'elle était bien morte, l'homme, indifférent devant ce spectacle, ramena la vieille étoffe à sa place. Puis il s'enfuit très doucement par un autre souterrain qui donnait accès à l'extérieur, le long des remparts.

Le lendemain matin, Ulric se présenta devant son maître, déjà affairé dans son cabinet de travail. Il se contenta de lui rendre la clé secrète, et déclara, la bouche tordue par un mauvais rictus:

- Travail accompli !

Godefroy laissa s'échapper un soupir de soulagement.

- Très bien ! Et souviens-toi d'une chose : si tu trahis ce secret, tu seras pendu !

- N'ayez crainte, sire. En revanche, que vais-je obtenir en récompense ? Car un tel travail mérite une gratification quelconque.

Le sire réfléchit un bref instant, puis lui répondit.

- Je te nomme surveillant général de cette forteresse. Et tu me dénonceras tous ceux qui besognent mal.

- Cela me convient tout-à-fait, et je vous en remercie.

Puis le baron lui désigna la porte, car certains serviteurs se réveillaient tôt.

Peu de temps après, le garde du corps de Mahaut lui révéla le décès de sa prisonnière, ce qui n'affecta pas l'humeur de Godefroy.

- C'est aussi bien ainsi ! Avoua-t-il. Elle était trop affaiblie.

- Que dois-je faire de sa dépouille ? Questionna le garde.

- Fais-là enterrer vers le gros chêne, au fond du jardin. Mais fais vite, car le jour va bientôt se lever. Et personne ne doit la voir.

Bientôt, la nouvelle du décès de celle qui rayonnait, autrefois, de beauté se répandit comme une traînée de poudre. Beaucoup de serviteurs se mirent à la pleurer. Hildegarde, l'ancienne nourrice de Lidwine et de Quentin, se répandit en larmes amères et partit dans sa chambre pour cacher son chagrin : elle devinait bien que le sire avait été son assassin, en l'enfermant jusqu'à sa mort dans une sombre oubliette. Mais elle garda cette impression pour elle. Lorsque Lidwine apprit le décès de sa mère, elle poussa un long cri de douleur et refusa de se présenter au déjeuner, ainsi qu'aux autres repas, ne supportant plus de s'asseoir aux côtés de son père. Elle s'enferma dans sa chambre en poussant un meuble derrière sa porte, et refusa de la quitter, n'ouvrant qu'à son amie Aliénor. Mais cette dernière ne réussit pas à la consoler. Elle lui apportait des repas que Lidwine repoussait avec rage, indiquant par là qu'elle préférait mourir...

Au bout d'une semaine environ, Lidwine reconnut le pas pesant de son père se dirigeant vers sa chambre. Il frappa violemment à sa porte, puis l'enfonça d'un coup d'épaule.

- Holà Lidwine ! Hurla-t-il. Quand donc cesserez-vous cette lamentable comédie ? Vous n'êtes pas digne de votre père, ni de vos ancêtres.

54

Mais la jeune fille se cacha sous sa couverture, demeurant muette.

Le sire, sous l'emprise de la colère, la menaça en ces termes :

- Si vous ne vous rendez pas dans la cuisine, je vous y traînerai de force ! Est-ce compris ?

Alors Lidwine se leva tout de même et, avec insolence, passa devant son père en crachant à sa face:

- Vous n'êtes qu'un assassin !

À ces mots, le sire la gifla de toutes ses forces. Lidwine devint livide, mais elle comprit que le baron restait le plus fort. Elle se rendit donc à table, en prenant soin de ne pas regarder son père. À la fin du repas, Aliénor l'entraîna avec elle afin d'effectuer une promenade dans les champs.

La fin de l'été étant arrivée, une grande fête fut organisée par le sire de Lanicey, comme chaque année, à la fin des récoltes.

Pour cela, Lidwine accomplit l'effort de quitter la forteresse, consciente qu'il était de son devoir de s'afficher parmi les habitants du village attenant à celle-ci.

Partout des fleurs ornaient les chaumières, même misérables. Ce n'étaient qu'étincelles de roses, de lys blancs et or, entremêlées aux marguerites, bleuets et coquelicots ramenés des champs par de jeunes villageoises. Les marchands et bonimenteurs en avaient profité pour étaler sur des planches, soutenues par des tréteaux, divers objets de convoitise : jouets fabriqués et sculptés dans du bois, qui faisaient reluire les yeux des enfants ; des parfums enivrants de musc et de cannelle, ramenés par les Croisés, et possédant le pouvoir, disait-on, de rendre amoureux ; des étoffes légères et vaporeuses qui pouvaient convenir pour des rencontres galantes. En effet, de nombreux seigneurs avaient été conviés à cette fête, et se trouvaient accompagnés, qui de leurs épouses, qui de leurs maîtresses. Celles-ci avaient revêtu leurs plus belles tenues, et arboraient de magnifiques bijoux.

Des acrobates effectuaient mille prouesses afin d'épater les badauds. Partout des cris et des rires fusaient.

Flanquée d'Hildegarde, sa vieille nourrice qui lui servait de chaperon – celle-ci avait allaité pas moins de seize marmots – Lidwine se mit à soupirer. Parfois elle enviait les jeunes filles toutes simples, paysannes ou servantes, qui pouvaient profiter de leur liberté, quand elles n'étaient pas encore mariées.

Elle aperçut son père occupé à gesticuler, entouré par un petit groupe de Chevaliers:

« Sans doute parle-t-il de guerre » ? Songea-t-elle, et cela l'agaça au plus haut point.

Tout-à-coup, un gentilhomme s'inclina devant elle, son chapeau à la main, et lui proposa:

- Puis-je vous offrir ce bouquet ?

Surprise, elle se contenta de répondre.

- Je ne peux refuser, seigneur, mais à qui ai-je l'honneur ?

- Mon nom n'a pas d'importance. Ce qui compte, pour moi, c'est que vous l'acceptiez, et cela me rendra heureux.

Cet homme, beau parleur, ne manquait pas d'assurance, ce qui la flatta malgré elle.

Intriguée par ce mystérieux personnage, Lidwine l'examina de plus près : il n'était même pas laid ! Son allure dégageait de la force, et un petit brin de douceur surprenait, sur ce visage aux traits légèrement accentués par le temps. Mais elle n'aurait pas su quel âge lui donner.

Pour s'en défaire, Lidwine saisit le bouquet, gratifia l'étranger d'un charmant sourire en guise de reconnaissance, puis continua sa route.

Hildegarde lui fit remarquer :

- Ce gentilhomme vous a remarquée, et c'est une bonne chose. Sans doute est-il tombé amoureux de vous ?

- Cela m'étonnerait, chère Hilda – diminutif de Hildegarde – car il ne me connaît point...

Le soir, au château, parmi les convives qui s'agitaient et buvaient avec entrain, elle reconnut ce visage admiratif à son égard. Mais le gentilhomme ne quitta pas sa place, ce qu'elle apprécia.

Le sire de Lanicey laissa s'écouler quelques jours avant de fixer un nouvel entretien avec sa fille. Après l'avoir fait installer sur l'austère fauteuil qui convenait aux guerriers, entre ces murs épais qui gardaient tous les secrets, il la questionna d'un air cependant badin.

- Alors, ma chère fille, comment avez-vous ressenti votre rencontre avec le sire de Sacht ? Dites-moi tout.

Elle ne put s'empêcher de sursauter, puis de s'indigner.

- Voyons, Père, vous ne parlez pas sérieusement, je suppose ? Je n'ai pas rencontré votre ami, et heureusement pour lui.

- En êtes-vous bien certaine ? Répondit-il avec un sourire carnassier, parce qu'il ne relevait que le côté droit de ses moustaches.

- Absolument certaine. À moins que...

Elle se remémora le geste du gentilhomme inconnu qui avait osé lui offrir un bouquet. Lidwine comprit soudain pourquoi il avait caché son nom. Était-ce possible que ce fût lui ? Devenue pâle, elle resta songeuse durant un bref instant...

- À moins que ? Répéta le sire d'un ton faussement débonnaire, mais où perçait une petite pointe de triomphe.

Elle s'entêta néanmoins.

- Puisque je vous dis que je ne l'ai point vu ! Sinon, vous me l'auriez présenté, selon les usages de ce monde que vous ne pouvez ignorer.

- Il se trouve que je n'ai eu nul besoin de vous le présenter, claironna-t-il en riant, car il m'a déclaré vous avoir proposé ses faveurs, et il a cru comprendre que vous ne les aviez pas refusées.

Cette fois, aucun doute n'était possible. Elle regretta de s'être sottement laissée gruger.

- Comment ? S'emporta-t-elle à son tour. Vous vous êtes ainsi joué de moi. Il me dégoûte, ainsi que vous-même.

La jeune fille se leva avec fureur, et faillit imiter son père qui jetait tout ce qu'il trouvait sur son passage, dans ces cas-là.

- En voilà assez ! Dit-elle en se levant. Mais je vous préviens que cela ne me lie aucunement à cet homme.

Le sire réussit à cacher son courroux.

- C'est bien là que vous vous méprenez, chère enfant, mais, croyez-moi, vous ne le regretterez pas, car cet ami est charmant.

- Je ne marcherai pas dans vos combines déloyales et indignes d'un gentilhomme, s'écria-t-elle, exaspérée.

- Peu importent vos opinions à ce sujet. C'est mon choix et j'y tiens ! Ajouta-t-il en frappant du poing sur la table.

Son visage était devenu rouge d'emportement.

- Maintenant, lui dit-il, vous pouvez disposer.

Lidwine se retira, furieuse. Dans son regard bleu luisaient des flammes noires.

Elle partit à la recherche d'Aliénor, sa grande confidente et amie. Celle-ci revenait du jardin et remarqua immédiatement le front plissé de Lidwine.

- Que se passe-t-il, petite sœur ? Lui demanda-t-elle affectueusement.

La jeune fille lui relata son entretien avec son père, et la façon dont il s'était gaussé d'elle à propos de son mariage avec le duc.

Aliénor l'écouta en silence, puis la fit réfléchir.

- Je sais, malheureusement, que votre père est capable d'accomplir les pires forfaits. Mais en ce qui concerne son ami, qui vous prouve qu'il ne soit pas sincère, lui ?

- Mais enfin! s'exclama Lidwine, pour moi, il est évident qu'il s'était entendu avec mon père, avant cette fête.

- Et encore qu'il le fût, qui vous dit qu'il n'éprouve pas des sentiments pour vous?

Lidwine se remémora alors la scène qui avait eu lieu durant la fête, au cours de laquelle le duc lui avait offert des fleurs, et elle sourit.

- Vous avez peut-être raison.

- D'autre part, ajouta Aliénor, je pense que vous vous sentirez davantage en sécurité auprès d'un homme qui a déjà vécu et souffert

- Ah! Comme j'envie votre sagesse! Avoua Lidwine. Vous êtes toujours de bon conseil pour moi, et je vous en remercie. Je vais donc épouser cet homme, mais je laisserai comprendre à mon père que je ne lui ai pas obéi. C'est parce que ce gentilhomme m'a séduite.

Le mariage fut célébré en grandes pompes un mois plus tard. Toute la noblesse des environs y fut conviée. Les festivités durèrent une semaine. Enfin Othon, radieux, put accueillir sa jolie épouse comme une princesse en sa Maison-Forte.

Puis arriva un jour où, se sentant seul, n'ayant plus personne à contrarier, le sire songea à Quentin. Il adressa un pli à son suzerain, afin de se renseigner sur les aptitudes militaires de son fils. Or, le duc de Bourgogne ne tarit pas d'éloges au sujet de ce brillant jeune guerrier, maîtrisant toutes les techniques de combat, et lui faisant honneur.

Le sire en fut grandement flatté, et l'idée lui vint d'écrire à son fils en ces termes :

« *Mon cher fils,*

« *J'ai appris en hauts lieux vos exploits guerriers, ce dont je me trouve fort satisfait. Et «c'est la raison pour laquelle j'ai décidé de vous faire revenir sur nos terres.*

N'oubliez «pas que vous êtes mon fils unique, héritier de la forteresse de Lanicey, et que votre devoir est de me succéder, à présent que les années passent. Nous craignons «toujours des envahisseurs, surtout depuis que le roi des Francs cherche à annexer «notre comté.

« *J'attends votre réponse affirmative dans les plus brefs délais.*

« *Votre honoré père.* »

Lorsque Quentin reçut cette missive, il devint pâle et se montra atterré.

- Qu'avez-vous donc ? Lui demanda son meilleur ami, Roland de Chessac. Êtes-vous contrarié dans vos amours ? Pourtant, toutes les jolies damoiselles de Dijon et des environs se pâment devant vous.

- Non, c'est plus grave que cela ! Je viens de recevoir un courrier de mon père m'ordonnant de revenir sur nos terres, et cela ne m'enchante guère.

- Comme je vous comprends ! Compatit Roland. Surtout que vous ravagez les cœurs féminins.

- C'est peut-être vrai, mais cela m'importe peu. Je ne me sens pas prêt pour le mariage.

- Peut-être alors aimez-vous ailleurs ?

Quentin pensa à Aliénor dont la merveilleuse image n'avait pas cessé de le hanter durant ces deux années. Mais

60

il préféra garder le silence, n'étant pas certain que cet amour soit partagé.

- Avez-vous remarqué que la belle Aglaé de La Rocherie n'a d'yeux que pour vous ? Poursuivit son ami.

- Oui, et je trouve Aglaé charmante, mais pas outre mesure.

- Vous rendrez-vous au bal organisé demain soir chez le duc de Bourgogne ?

- Oui, répondit Quentin. Je ne peux pas refuser cette invitation, sous peine de paraître impoli.

- À la bonne heure, car je m'y rendrai aussi ! Déclara Roland.

Le lendemain soir, les deux amis arborèrent leur plus belle tenue, et se présentèrent au bal.

Les nobles dames étaient parées de splendides robes, et leurs bijoux scintillaient sous les torches. Bon nombre de damoiselles espéraient dénicher le futur élu de leur cœur...

Quand les danses commencèrent dans une immense salle aménagée pour cette occasion, Aglaé se précipita auprès de Quentin qui ne put la refuser. Les deux amis, non seulement bons guerriers, étaient aussi d'excellents danseurs. Soudain, au milieu d'une danse, Aglaé fut prise d'une sorte de malaise, car elle s'affala entre les bras du jeune homme qui la retint afin de l'empêcher de tomber.

Cela n'échappa pas au regard aiguisé de son père, le marquis de La Rocherie, qui s'avança aussitôt vers Quentin, et s'exprima ainsi:

- Excusez-moi, cher sire, de vous importuner. Mais votre attitude pendant que vous dansiez avec ma fille ne m'a pas échappé. J'estime que vous avez déshonoré Aglaé en la gardant entre vos bras, aux yeux de tous et, de ce fait, vous devez l'épouser.

Quentin, complètement abasourdi, chercha néanmoins à se défendre.

- Monsieur le marquis, je reconnais que vous me faîtes un grand honneur en me proposant la main de votre fille, mais je ne l'ai en aucun cas déshonorée. C'est elle qui est restée accrochée à mon bras.

- Si fait ! Et vos épousailles tiendront lieu de réparation.

- Je suis sincèrement désolé, répondit le jeune homme, mais ce mariage n'est pas envisageable.

- Et pourquoi donc ? Rétorqua le marquis.

- Parce que mon père exige que je revienne sur nos terres ancestrales dès que possible.

- Et alors ? Je ne vois pas où se situe le problème ? Aglaé vous suivra là-bas.

- Cher marquis, je crains fort qu'elle s'y ennuie beaucoup, perdue au fond des bois. Sans compter que les hivers sont très rudes en cette contrée accrochée aux flans des massifs jurassiens.

Mais le marquis ne voulut rien entendre. Alors Quentin songea qu'il devait trouver un argument imparable.

- Dois-je vous rappeler, monsieur de La Rocherie, que je ne suis qu'un simple baron, et je pense qu'Aglaé sera davantage heureuse avec un gentilhomme dont le rang social sera supérieur au mien. Elle peut se permettre d'épouser un comte, ou même un duc !

Le marquis réfléchit un instant, puis déclara:

- Ce que vous dîtes n'est pas faux. Aussi, je vous prie de m'excuser de vous avoir importuné.

Quentin, redevenu souriant, esquissa une révérence et répondit :

- Mais vous êtes tout excusé, croyez-moi.

Le marquis jeta un regard dans la salle et vit que, effectivement, Aglaé s'abandonnait avec délice entre les bras d'un jeune comte fortuné.

Puis Quentin se tourna vers son ami Roland.

- Venez, il fait trop chaud ici !

- Si je m'étais trouvé à votre place, j'aurais accepté d'épouser Aglaé, précisa Roland.

- Nul ne vous empêche de la demander en mariage, puisque vous êtes comte.

- C'est ce que j'essaierai de faire lors d'un prochain bal.

Et ils regagnèrent ensemble leur logis tout en riant.

De retour dans sa chambre, Quentin s'empara d'une feuille, d'une plume d'oie et de l'encre pour répondre à son père.

« *Très cher Père,*

« *Votre courrier m'a ému, et je partage votre point de vue au sujet des Francs que «nous devons repousser. Mais permettez-moi de vous répondre que je désire «m'enrôler dans l'armée de notre empereur, afin de mieux les combattre. J'espère «que vous comprendrez ma décision, qui est bien réfléchie.*

« *Votre dévoué fils.* »

Quentin manda aussitôt un messager afin d'informer le baron de Lanicey de cette décision. Il n'ignorait pas que son père serait furieux après l'avoir lue, Mais il fallait bien qu'il le sût !

Durant ces deux années, son caractère s'était affirmé en combattant les autres. Il entendait lui démontrer qu'il pouvait se gouverner par lui-même, et qu'il n'était plus un fils entièrement soumis.

Mais la semaine suivante, il reçut une réponse menaçante du baron.

« *Mon fils,*

« *Si vous me déshonorez en refusant de revenir à Lanicey, je me verrai dans «l'obligation de vous déshériter au profit de l'enfant que votre sœur, mariée au duc de Sacht, porte actuellement en son sein. Ainsi vous demeurerez le simple soldat «que vous souhaitez devenir.*

« *Godefroy de Lanicey.* »

Malgré sa colère, Quentin dut se soumettre à cet ordre sans réplique. En effet, il ne désirait pas demeurer un simple guerrier, devant toujours exécuter les ordres de ses chefs.

En outre, l'image d'Aliénor prenant son bain dans la rivière n'avait jamais cessé de le hanter...

Lorsqu'il aperçut de loin la forteresse, en traversant le bois, il se sentit ému, car un flot de souvenirs l'envahit. Il comprit alors que sa place se trouvait bien là, dans ce fief encastré parmi les montagnes. Il longea lentement la rivière, avec le fol espoir d'y revoir Aliénor, mais la jeune fille ne s'y baignait pas.

En arrivant, tous les serviteurs accoururent à sa rencontre, heureux de le revoir parmi eux. Quentin chercha des yeux Aliénor, mais ne la trouva point.

- Ah ! Que vous voilà devenu beau et fort ! S'exclama la vieille Hildegarde, en essuyant des larmes de joie.

En effet, sous sa chevelure blonde tombant jusqu'à son col, ses yeux noirs formaient un contraste saisissant. Ses épaules s'étaient élargies et une certaine force tranquille émanait de sa personne.

- Et comme je suis heureux de t'embrasser ! Répondit Quentin en la serrant contre lui.

Il raconta sommairement ce qu'il avait vécu à Dijon. Mais depuis qu'il avait retrouvé sa demeure natale, une idée l'obsédait. Enfin, il osa demander.

- Et ma mère, dîtes-moi, que devient-elle?

La consternation, puis les larmes de la vieille nourrice, lui firent comprendre que celle-ci n'était plus...

Quentin se laissa choir sur une chaise, en proie à un vif désespoir qu'il ne réussit pas à masquer, bien qu'il fût un homme, et que ceux-ci devaient rester maîtres de leurs émotions.

Hilda sécha ses pleurs et s'empressa de lui servir une liqueur réconfortante. Mais Quentin songea, lui aussi:

« C'est mon père qui l'a tuée ! » Et un sentiment de haine envahit son cœur affligé.

Bertrand, le jeune page engagé chez le sire après le départ de Guillaume, lui fit un accueil amical.Je suis très heureux de faire enfin votre connaissance, seigneur, déclarat-il. J'ai beaucoup entendu parler de vous, en termes élogieux, et je ne vous cache pas que je souhaiterais vous ressembler.

- Je vous remercie infiniment pour ce bon accueil, et mon amitié vous est offerte. N'hésitez pas à me consulter en cas de problème. Je serai toujours là pour vous.

Puis le jeune baron se fit un devoir de se présenter à son père. Il monta directement et sans hâte jusqu'à son cabinet de travail, en haut du donjon, étant certain de le trouver là.

Le sire, de son côté, avait bien aperçu son fils franchir les ponts-levis, mais il ne bougea pas, estimant que celui-ci devait effectuer le premier pas.

- Entrez ! Dit une voix rude lorsqu'il frappa contre la porte de chêne.

Quentin entra et resta un instant médusé: il s'attendait à revoir son père vieilli au bout de ces deux années. C'était ce que le sire avait laissé sous-entendre dans son message. Mais, à sa grande stupeur, il le vit en très bonne forme pour ses quarante ans. Ses cheveux n'avaient pas blanchi, sa peau tannée par le soleil présentait peu de rides profondes, en dehors de celles qui entouraient ses lèvres, légèrement avachies sur les côtés, car il lui manquait beaucoup de dents. Seuls ses sourcils très épais, ainsi que sa barbe, étaient entremêlés de fils blancs.

Sa haute stature imposait toujours le respect, mais Quentin le dépassait maintenant.

Godefroy, de son côté, admira beaucoup son héritier qui irradiait de force et de beauté, et il en ressentit un soupçon de jalousie

Cinquième partie

- Asseyez-vous, mon fils. Vous voilà devenu un homme, et vous serez prêt à me seconder dans mes travaux.
- Qu'attendez-vous de moi, Père ? Demanda Quentin, assis en face de lui.
- Vous vous lèverez très tôt chaque matin, vérifierez si les gardes se tiennent bien à leur poste. Puis vous partirez dans les villages afin de surveiller si les paysans effectuent bien leurs labeurs.

Quentin sursauta sur son siège, soudain agacé.

- Mais est-ce bien pour cela que vous m'avez fait revenir ici ? Je m'attendais à un travail plus noble. Vous me proposez simplement un poste de gardien, alors que j'ai étudié l'art de la guerre.

Et ses joues se colorèrent d'indignation.

- Mais, rétorqua le sire, c'est vous-même qui refoulerez les assaillants qui ne manquent point dans la région. Vous serez plus efficace que moi, je n'en doute pas.
- Ainsi, poursuivit le jeune homme, vous resterez toujours le maître incontestable de cette forteresse ?
- Bien évidemment ! Jusqu'à mon décès qui, je l'espère, ne sera pas trop proche.

Quentin se leva sans que son père lui signifiât de prendre congé de lui, tant il se sentait écœuré ! Mais le sire lui intima l'ordre de rester.

- Vous êtes bien pressé de partir, mon fils. Attendez de savoir ce que j'ai prévu pour votre bien également.

Le jeune homme reprit place en soupirant.

« Que va-t-il me chercher encore ? » Avec son père, il pouvait s'attendre à tout...

Le sire annonça d'un ton important:

- J'ai aussi pour projet de vous faire convoler avec Bertille d'Attrans, la fille de notre voisin le marquis.

- Ah non, Père, il n'en est pas question !

- Et pourquoi donc ? Remarqua le sire, surpris et contrarié.

- L'avez-vous déjà regardée ? Elle possède un visage tout boutonneux et son corps présente déjà de l'embonpoint.

Le sire haussa les épaules.

- Et alors ? Cela ne l'empêchera point de vous faire de beaux enfants.

Mais Quentin insista.

- De toute façon, puisque je dois vous l'apprendre, eh bien sachez que j'aime Aliénor de Scéry.

Godefroy resta pantois. Mais il s'entêta.

- Vous épouserez Bertille, car vous me devez obéissance, un point c'est tout.

Quentin, hors de lui, se leva de son siège pour prendre congé. Puis il alla se promener dans la campagne pour se calmer.

Ce soir-là, Quentin ne parvint pas à s'endormir, tant il se sentait agité ! Pourtant son long voyage l'avait beaucoup fatigué. Il lui fallait coûte que coûte qu'il rencontrât Aliénor pour lui déclarer sa flamme, car sa lumineuse image le faisait presque souffrir.

Durant toute la nuit, il combina des plans dans sa tête enfiévrée, parfois ridicules, parfois insensés. Puis il plongea, harassé, dans un sommeil sans rêves.

Le lendemain matin, après s'être levé assez tard, Quentin partit directement en direction des villages comme son père le lui avait ordonné.

À mi-chemin, en se dirigeant vers le bois, un puits alimentait la forteresse en eau, et c'était Aliénor qui allait puiser de l'eau ce jour-là. Quand il arriva vers elle, une bouffée d'amour l'envahit.

La jolie jeune fille restait penchée au-dessus du puits, comme si elle cherchait quelque chose.

Elle se leva aussitôt pour lui faire sa plus belle révérence, mais Quentin l'arrêta.

- Voyons, Aliénor, ne me faîtes plus la révérence : nous nous connaissons depuis si longtemps!

- C'est vrai, mais vous restez un seigneur.

- Dites-moi plutôt ce que vous faîtes, penchée au-dessus de ce puits.

Aliénor soupira longuement.

- Je cherche ma bague qui est tombée dans ce puits. Et j'en suis bien malheureuse, car elle appartenait à ma pauvre mère. C'était le seul objet qui me restait d'elle...

Et des larmes mouillèrent ses splendides yeux de braise.

Quentin, tout ému, s'empressa de lui proposer:

- Ne vous inquiétez pas. Je peux vous en offrir une plus belle, ornée d'un énorme diamant.

Aliénor releva la tête, stupéfaite.

- Mais pourquoi mériterais-je un si beau cadeau ?

Alors le jeune baron prit une profonde inspiration et lui avoua :

- C'est parce que... depuis deux ans déjà... je brûle d'amour pour vous. Depuis que je suis parti à Dijon, il ne s'est pas écoulé un seul jour... sans que je pense à vous. Vous êtes si belle !

Cependant, il n'osa pas lui révéler qu'il l'avait surprise en train de se baigner nue dans la rivière, juste avant son départ.

Il reprit avec ferveur.

- Aliénor, je souhaite vous épouser. Pourrez-vous vous éprendre de moi ?

- Oh seigneur ! Comment pourrais-je refuser, moi qui ne suis qu'une pauvre orpheline, désargentée et de petite noblesse ?

- Mais vous êtes ma princesse, ma déesse...

Et, disant cela, Quentin la serra contre lui et lui déposa des baisers très doux sur ses cheveux brillants. À ce contact, il la sentit frémir de plaisir...

Puis, à son tour, Aliénor déclara:

- Oh ! Si vous saviez, Quentin ! Moi je vous ai aimé dès que votre père m'eût amenée ici...

Alors, d'un même élan, leurs lèvres se joignirent.

- Oui, répéta-t-elle, je serai votre épouse pour la vie.

Puis soudain, laissant place à la réalité, Aliénor dut briser le charme en demandant:

- Mais que va dire votre père ? Croyez-vous qu'il approuvera notre union ? Peut-être souhaitera-t-il votre mariage avec une damoiselle de plus haut rang que moi ?

Quentin secoua la tête négativement et dit d'une voix ferme:

- Si mon père s'oppose à notre union, alors je le quitterai.

- Oh non ! S'écria la jeune fille. Je vous supplie de ne pas me quitter, à présent que nous nous aimons.

- Ne craignez rien, mon adorée, jamais je ne vous quitterai.

Puis il l'embrassa avec fougue pour sceller ces paroles.

- Néanmoins, reprit-il, je crois que nous devons rester prudents, pour ne point éveiller sa colère.

Ils s'enlacèrent une dernière fois puis, à regret, Quentin descendit jusqu'au village.

Pendant deux mois, les deux jeunes amants purent se retrouver dans les champs, sous le soleil d'été, sans être dérangés. Quentin brûlait de désir, celui de la dénuder et de se fondre en elle. Sa chair était si appétissante ! Mais Aliénor, pétrie de religion, refusa toujours de lui donner son corps. Et Quentin, parce qu'il était très amoureux, ne voulut pas la brusquer.

Ce fut Hildegarde qui leur servit d'intermédiaire, heureuse de rendre service à celui qu'elle chérissait comme un fils. Son époux, Waldemar, s'était éteint peu de temps après le décès de Mahaut, comme s'il n'avait pas supporté cette perte. Et depuis le départ de Lidwine, son rayon de soleil, elle se sentait habitée de vide. Grâce au retour de Quentin, elle vivait à nouveau.

Lorsque le baron de Lanicey s'absentait hors de la forteresse pour rendre visite à des amis, ou pour fustiger ses paysans, elle s'empressait de les avertir. Et les deux tourtereaux s'éloignaient discrètement dans la nature...

Jusqu'au jour où le sire surprit leurs œillades au cours d'un repas. Godefroy fit celui qui n'avait rien vu, mais il songea : «Sacrebleu, ces deux-là sont amoureux !» Et la jalousie s'installa en lui, en plus d'une forte contrariété, car il souhaitait que son fils épousât Bertille.

Il se jura de chercher une vengeance digne de lui.

Ne trouvant rien par lui-même, il fit appel à Ulric, dont l'imagination se révélait féconde pour satisfaire de mauvais penchants.

Godefroy le convoqua, comme d'habitude, dans son cabinet privé, en haut du donjon.

- Que puis-je faire pour vous, maître ?

- J'aimerais que tu me donnes une idée de vengeance par rapport à mon fils.

Il lui expliqua son projet d'union entre Quentin et Bertille d'Attrans, projet qui tombait à l'eau car son fils s'était épris d'Aliénor. Or, il désirait à tout prix stopper cette attirance qui contrariait son plan.

Et voici ce que cet homme sans scrupule tira de son cerveau malfaisant:

- Il me vient une idée, sire, mais j'ignore si elle vous conviendra.

- Dis toujours. Sois sans crainte. Nous ne sommes que les deux !

Le visage de l'affreux sbire s'épanouit d'une mauvaise joie.

- Eh bien, il suffit tout simplement que vous demandiez la main de cette donzelle. Comme elle vous est redevable pour tout, sans doute n'osera-t-elle pas refuser. Et ainsi Quentin devra épouser celle que vous lui avez choisie.

Godefroy se sentit tout émoustillé à cette idée, car s'il n'avait jamais troussé Aliénor, en mémoire de son père, cette envie lui était souvent venue !

Le sire laissa éclater son rire.

- Ulric, tu es un vrai génie ! Cette idée me convient parfaitement car cette jeune fille est une belle poulette que je pourrais encore honorer. Je m'en sens tout-à-fait capable !

- Alors, à la bonne heure ! S'exclama fièrement Ulric, dont le visage s'enlaidissait davantage lorsqu'il riait.

En effet, ses petits yeux lubriques disparaissaient sous une montagne de rides, et sa bouche, avachie d'ordinaire, se relevait jusqu'à ses oreilles poilues.

- Oui, c'est cela ! Ajouta Godefroy, tout réjoui. Buvons ensemble à mon remariage.

Il se leva et sortit de derrière un panneau secret une bonne bouteille de liqueur très forte, celle-là même qu'ils offraient aux malheureux marchands ambulants qui traversaient la vallée. Mais elle ne contenait pas de poison.

Godefroy s'assura tout de même de l'entière discrétion de son acolyte, et ce dernier le rassura complètement.

- Voyons, maître, vous pouvez me faire confiance. Avez-vous entendu quelqu'un se plaindre de l'assassinat de Mahaut ?

- Non ! Personne ne m'a fait cette remarque, et heureusement pour lui, car je l'aurais fait pendre.

- Alors, trinquons à votre remariage !

Les deux complices se mirent à rire si bruyamment que des gardes accoururent auprès d'eux.

- Nous avons entendu du bruit, c'est pourquoi nous sommes venus, expliqua l'un d'eux.

- Retournez vite à votre besogne ! Hurla le sire. Cela ne vous concerne pas.

Deux jours plus tard, le sire convoqua Quentin, toujours dans son cabinet privé. Celui-ci se demanda bien pour quelle raison son père souhaitait le revoir.

- Asseyez-vous, cher fils. Il faut que je vous entretienne à mon sujet.

Quentin se montra fort surprit, voire inquiet.

- Que se passe-t-il, mon Père ?

- Il faut que je pense à mes vieux jours.

- Pourquoi cela ? Êtes-vous malade ?

- Non pas. Durant toute ma vie, j'ai combattu, j'ai bourlingué à travers le monde, notamment au cours de la troisième Croisade qui faillit me coûter la vie. Et, maintenant, j'aspire à des jours plus sereins.

- J'en suis fort aise, Père ! Seriez-vous donc devenu plus sage ?

Le rusé sire riait dans sa barbe.

- À vrai dire, non. J'envisage mon avenir auprès d'une compagne douce et fidèle, qui agrémentera mes vieux jours.

Quentin tressauta sur sa chaise.

- Père ! Êtes-vous devenu fou ? Comment osez-vous tenir ce discours, vous qui avez fait tant souffrir ma mère en l'enfermant dans un cachot ?

- Ne revenons pas sur le passé. Ce qui est fait ne nous intéresse plus. Concentrons-nous plutôt sur le présent et sur l'avenir. Et puis j'ai changé au fil des ans… Maintenant, je me sens capable d'apporter beaucoup d'amour à celle qui illuminera mes derniers jours.

Quentin crut devenir fou.

- Comment pouvez-vous parler d'amour ? Ce sentiment-là n'existe pas chez vous.

Mais le sire tapa du poing sur la table.

- Et vous, comment osez-vous me juger ? Depuis quand les enfants se permettent-ils de commander leurs ancêtres ? Je ferai ce que bon me semblera, que cela vous convienne, ou pas.

Le jeune homme comprit qu'il était allé trop loin et se calma.

- Alors, dit-il, puis-je connaître le nom de celle qui, j'en suis certain, sera très malheureuse ?

- Oui-da ! Vous la connaissez, d'ailleurs : il s'agit d'Aliénor de Scéry.

Quentin crut recevoir le ciel sur la tête. Puis il se rua vers son père, avec l'envie de lui tordre le cou. Mais une grande table les séparait, et le sire s'était reculé.

- Père ! Je vous interdis d'épouser Aliénor, car c'est moi qu'elle aime.

- En êtes-vous bien certain ? Ricana ce dernier. Elle changera peut-être d'avis, car elle deviendra la femme la plus riche de notre contrée. Je la couvrirai d'or et sa beauté en sera renforcée.

- Mais je l'aime et elle m'aime, vous dis-je !

Le sire se contenta de hausser ses larges épaules.

- Ah oui ? Mais que savez-vous de l'amour ? Vous êtes si jeune et inexpérimenté !

Quentin, écœuré, s'écria:

- Père, sachez que je ne supporterai plus vos insultes. Et j'exige réparation. Pour cela, nous devons organiser un combat entre nous deux.

- Bien volontiers ! Répondit Godefroy. Vous ne m'impressionnez pas du tout. Car j'ai tant combattu, dans ma vie ! Alors je vous donne rendez-vous, demain matin, à l'aube, à l'orée du bois. Nous n'aurons pas besoin de témoins.

- Oui, j'y serai.

De rage, Quentin renversa sa chaise. Puis, sans jeter un œil sur son père, il s'esquiva au-dehors, afin de respirer l'air pur et apaisant de la campagne.

Le lendemain matin, à l'aube, la rosée recouvrait les herbes, ainsi que les feuilles des arbres, et ceux-ci commençaient à se dénuder. L'automne pointait son nez avec son cortège de brumes et ses jours devenus plus pâles. L'air était devenu plus frais.

Assis sur un tronc d'arbre, Quentin attendit son père. Il savait que celui-ci se ferait désirer. Il avait saisi, à tout hasard, un gourdin, refusant d'utiliser une arme contre son propre père. Car s'il était son rival, le sire restait néanmoins son père.

Enfin Godefroy apparut, les mains nues, lui aussi. Si Quentin possédait la force et la hardiesse de la jeunesse, le sire se sentait animé par la haine. Alors, d'emblée, il se jeta sur son fils en égrenant tout un chapelet de jurons, et le bourra de coups de poings dans les côtes.

Quentin riposta en saisissant son gourdin qu'il assena dans les jambes de son père, cherchant à le faire tomber. Mais le sire l'évita en sautant de côté puis, mû par une indicible colère, il s'empara d'une énorme pierre et la lança, à la volée, en direction de son fils. Quentin eut juste le temps de s'écarter, mais la pierre l'avait effleuré au front. Un filet de sang, mélangé à sa sueur, dégoulina sur ses lèvres. Il songea qu'Aliénor ignorait ce combat et qu'elle serait effrayée s'il revenait blessé.

Alors, il leva le bras pour signifier qu'il cessait cette ridicule bataille. Le sire, tout essoufflé, accepta la trêve et déclara, tout fier:
- Allez soigner votre blessure. Elle n'est que superficielle.

Puis les deux hommes se séparèrent, chacun de leur côté, car le jour allait se lever. Ainsi, Godefroy eut le sentiment d'avoir vaincu son fils, et la fierté l'envahit.

En début d'après-midi, comme il avait été convenu, Aliénor se rendit au pied du chêne où les amoureux avaient coutume de se retrouver. Mais, curieusement, Quentin ne se montra pas. C'était la première fois qu'il manquait son rendez-vous. Après l'avoir attendu pendant plus d'une heure, elle remonta jusqu'à la forteresse, inquiète. Qu'était-il donc arrivé à son bien-aimé ?

Elle questionna Hildegarde qui ne savait rien. Puis elle reprit son travail de réceptionniste, en espérant le voir au repas du soir. Pas un seul instant elle ne remit en cause l'amour que lui portait le jeune baron. Elle était sûre des sentiments qui les unissaient. Néanmoins, elle demeura inquiète, lorsqu'à l'heure du repas, elle ne le vit point venir.

- Savez-vous où se trouve Quentin? Demanda-t-elle ingénument au sire.

- Ma foi, je n'en sais rien, répondit celui-ci tranquillement.

Aliénor, devenue triste, n'avait pas faim et se contenta de picorer dans son assiette.

Comme elle se sentait lasse, la jeune fille décida de regagner sa chambre plus tôt que d'habitude. Elle n'avait pas sommeil, mais s'allongea sur sa couche. Le temps était orageux, le vent soufflait dans les hauts sapins, et il faisait assez sombre dans la pièce. L'absence de Quentin l'avait rendue fiévreuse. Elle se dévêtit et enfila sa longue chemise blanche.

Aliénor était sur le point de s'endormir lorsqu'elle entendit tout-à-coup un bruit de pas dans l'escalier de bois qui conduisait à sa chambre. Qui donc pouvait bien venir ? Un instant, elle espéra que ce fut Quentin, mais elle ne reconnut pas sa démarche. Le bois grinçait sous le poids des bottes ! Or, seul le baron gardait ses bottes, ici.

Affolée, elle sentit un frisson de peur lui parcourir l'échine. D'un bond, elle se leva afin de se sauver à temps. Mais déjà une grosse main velue l'attrapa par le bras et la repoussa à l'intérieur de la pièce.

Le sire – car c'était bien lui – s'approcha d'elle en disant :

- Venez ici, ma poulette, car je suis venu vous honorer avant notre mariage qui aura lieu bientôt.

Et il lâcha un rire grasseyant, tout en la regardant avec concupiscence. Cela faisait tellement longtemps qu'il la convoitait !

- Non ! Laissez-moi ! S'écria la jeune fille en sanglotant. Elle recula le plus possible tout en appelant.

- Hilda ! Hilda ! Au secours ! À moi !

Mais le sire ricana de plus belle.

- Il est inutile d'appeler Hilda. Je l'ai envoyée chez sa fille jusqu'à demain… Nous sommes bien tranquilles tous les deux…

Aliénor se mit à hurler de terreur, mais en vain. D'un geste brusque, il déchira sa chemise du haut en bas, et put admirer ses courbes appétissantes. Il la saisit par un sein comme s'il cueillait un fruit. Celui-ci était à la fois élastique et ferme, ce qui l'excita davantage.

Aliénor le supplia.

- Lâchez-moi ! Vous me faites très mal !

- Non ! Laissez-vous faire, ma cocotte, sinon je vous les arracherai tous les deux, ce qui serait dommage, tout de même…

À ce moment-là, un brusque éclair illumina la chambre, puis le tonnerre se mit à gronder violemment. Mais

Godefroy se sentait électrisé par l'orage, comme si celui-ci décuplait sa force et sa détermination.

Il attrapa l'autre sein, et l'attira jusqu'à lui. Il eut l'impression d'empoigner deux belles pommes, savoureuses à croquer. Puis il la poussa sur sa couche. Il l'écrasa de tout son poids, pendant que sa grosse bouche s'appliquait sur celle d'Aliénor, comme une énorme ventouse gluante. Comprenant qu'elle était perdue, la jeune fille n'opposa plus de résistance. Elle souhaita même qu'il terminât au plus vite cette sale besogne ! Elle se mit à pleurer silencieusement pendant que, avec ses gros doigts, il écartait ses cuisses fuselées, et déchirait sa douce intimité...

Alors, d'un violent assaut, il la posséda en poussant un cri de plaisir semblable au rugissement d'un lion.

Lorsqu'il eut terminé son forfait, il la regarda une dernière fois: elle restait complètement immobile, bien qu'elle souffrît beaucoup. Seules des larmes inondaient son visage crispé et coulaient le long de ses magnifiques cheveux emmêlés.

Croyant qu'elle s'était endormie, il se retira et s'éloigna, satisfait de lui. Désormais, pour lui, Aliénor lui appartenait.

Quentin se leva tôt, le lendemain de son ridicule combat contre son père, afin de se rendre au village le plus proche. Il avait voulu garder secret ce vilain souvenir, afin de ne pas effrayer sa bien-aimée. Il ne souhaitait pas qu'elle vit sa légère blessure au front. Ce fut pourquoi il avait évité de se montrer au repas, la veille au soir.

Soudain, derrière son dos, il entendit une voix qui l'appelait.

- Quentin ! À l'aide ! Quentin !

Il se retourna et aperçut dans le lointain une forme qui s'agitait en courant. Quelle ne fut pas sa surprise lorsqu'il reconnut Aliénor, vêtue à la hâte, et portant un maigre baluchon !

Quand elle parvint jusqu'à lui, elle s'affala entre ses bras en sanglotant.

- Chérie, mon adorée, que vous arrive-t-il ? Êtes-vous souffrante ?

La jeune fille fit oui de la tête, mais ne pouvait toujours pas articuler un mot.

Quentin la serra contre lui très fort, et la baisa partout sur son visage inondé de larmes.

Au bout d'un long moment, elle put récupérer son souffle et lâcha :

- C'est le sire... il m'a... il m'a...

Puis elle recommença à pleurer.

Quentin crut alors comprendre.

- Il vous a... violée... n'est-ce pas ?

Elle secoua sa tête affirmativement.

Alors, une onde de haine contre son père l'envahit, puis il se sentit coupable.

- Oh ! Ciel ! C'est de ma faute ! C'est parce que je n'ai pas quitté ma chambre, hier soir...

- Ne pensez plus à cela, mais aidez-moi à me sauver!

Et les grands yeux cernés d'Aliénor le suppliaient.

Puis elle s'écria de toutes ses forces:

- Je ne veux plus jamais le revoir ! Je désire retourner au couvent, afin de cacher ma honte.

- Ah non ! Répliqua Quentin. Car il saura vous rechercher là-bas. Il vous faut une cachette plus sûre.

Ils se mirent à courir tous les deux à travers les bois jonchés de feuilles sèches.

Quentin réfléchissait, puis soudain, il s'exclama :

- Je sais où vous cacher, et vous serez heureuse là-bas. Je vais vous conduire chez mon oncle, le frère de feu ma mère. Mon père n'osera jamais s'attaquer au comte de Morenne.

Mon grand-père maternel possédait une forteresse à quelques lieux d'ici. Décédé depuis trois ans, son fils Jean a hérité de cette forteresse et des terres qui s'y rattachent. Ayant combattu aux côtés de l'empereur Frédéric Barberousse, il a épousé une dame très bonne, venant d'Outre-Rhin, et ils ont eu cinq enfants. Malheureusement, leur fils aîné est mort prématurément d'une mauvaise chute de cheval, et ils en ont beaucoup souffert. D'autant plus qu'ils ont donné naissance à trois filles par la suite. Les deux filles aînées ont été mariées à des seigneurs voisins. La troisième, Rosemonde, âgée de dix-sept ans, réside encore auprès d'eux. Et, sept ans plus tard, est enfin né un garçon, Thibaut. C'est donc lui l'héritier présumé de la forteresse et de ses terres.

La pauvre Aliénor, épuisée, n'était plus en mesure d'écouter l'historique de la famille qui allait l'accueillir. Elle concentrait toute son attention pour ne pas trébucher contre les arbustes et les pierres qui jalonnaient le bois. Malgré tout, sa fatigue l'emporta et elle se laissa tomber sur un monceau de feuilles.

Quentin la souleva très tendrement et la porta.

- Courage, mon amour, nous allons bientôt quitter le bois, et nous déboucherons sur le territoire de mon oncle Jean. Vous vous sentirez en sécurité.

Aliénor ne réagit même pas. Entre les bras de son bien-aimé, elle avait l'impression de se trouver dans un nuage mouvant, et elle s'abandonna à ce bien-être inconnu d'elle. Ses longs cheveux noirs traînaient presque jusqu'au sol.

Enfin, ils quittèrent le bois et bifurquèrent à droite. Là, le chemin s'avérait davantage praticable, et Quentin poussa un soupir de soulagement. Cela n'échappa pas à la jeune fille qui décida de se remettre à marcher.

- Mon Quentin chéri, je ne veux pas vous épuiser. Je crois que j'ai récupéré un peu de forces.

- En êtes-vous certaine ?

- Oui.

Alors elle se remit debout, et Quentin l'aida à avancer en la soutenant sous un bras.

Au bout d'une lieue, à travers les brumes du jour automnal, ils aperçurent au loin la forteresse de Morenne, juchée sur une hauteur.

Quentin poussa un cri de joie.

- Nous arrivons enfin, ma chérie ! Regardez là-bas ! C'est le château de mon oncle.

Lorsqu'ils arrivèrent devant les ponts-levis, les gardes reconnurent Quentin, car celui-ci était souvent venu chez son oncle durant son enfance et son adolescence. Il avait partagé beaucoup de jeux avec son cousin disparu trop tôt.

Dès qu'ils eurent franchi le seuil de sa forteresse, Jean de Morenne comprit aussitôt qu'il avait dû se produire un évènement grave. Sinon Quentin l'aurait averti de son passage.

Ils entrèrent tous deux dans la salle d'accueil.

- Je vous prie de m'excuser, mon oncle, si je me présente à vous de façon inopinée. Je vous en donnerai les raisons plus tard. Pouvez-vous nous accueillir entre vos murs, ma fiancée et moi-même ?

- Mais bien entendu, soyez les bienvenus ! Répondit Jean.

- Je vous présente ma fiancée, Aliénor de Scéry, qui vivait avec nous dans la forteresse de mon père.

Aliénor put à peine esquisser une révérence, tant elle était épuisée !

Irma, la comtesse de Morenne, s'en aperçut aussitôt et se précipita pour l'inviter à s'asseoir.

- Venez, chère Aliénor, prenez place sur ce sofa, dit-elle doucement.

La jeune fille s'y affala.

- Peut-être serait-il préférable qu'elle s'allonge ? Rectifia-t-elle. Car elle paraît exténuée.

Aussi appela-t-elle une servante.

- Fanchon ! Conduisez cette damoiselle dans une chambre inoccupée.

À peine étendue, Aliénor sombra dans un sommeil profond, ou plus précisément dans un trou noir, exempt de rêves.

Après le départ de la jeune fille, Quentin avala une liqueur, afin de le réchauffer et de reprendre des forces. Il s'assit sur un fauteuil de velours vert, assorti aux tapisseries qui recouvraient les murs de la pièce principale où ils se trouvaient réunis. Et il leur dit :

- Maintenant, mon oncle et ma tante, j'ai besoin de vous confier ce qui nous a amenés jusqu'à vous.

Alors le comte Jean fit comprendre à Rosemonde et Thibaut, ses jeunes enfants, qu'ils devaient quitter cette pièce. Sur l'ordre d'Irma, la nourrice vint les chercher et les emmena dans le parc.

Quentin prit la parole pour relater son difficile retour parmi les siens, son opposition à son père qui souhaitait le faire convoler avec la fille d'un marquis, afin de redorer leur blason. Il expliqua qu'il aimait Aliénor et que cet amour était réciproque. Il narra son stupide combat contre son père qui désirait, lui aussi, épouser cette jeune fille ! Et pour finir, il raconta l'horrible drame dont Aliénor fut l'innocente victime.

- Mais tout cela est affreux ! S'indigna Irma. Que comptez-vous faire à présent ?

- Ce que je souhaiterais, ma chère tante, c'est que vous acceptiez d'héberger Aliénor. Elle doit se tenir cachée afin que mon père ne l'épouse pas. Et, devant son grand désarroi, j'ai songé à vous qui possédez un cœur généreux.

Là, le jeune homme dut expliquer brièvement pour quelles raisons Aliénor avait été confiée à son père, cela depuis plusieurs années.

- Mais évidemment, répondit celle-ci, car je peux me mettre à sa place. Elle n'a pas été gâtée par le destin.

- Vous avez très bien fait, déclara le comte à son tour. Mais je pense que vous auriez dû éviter le combat contre votre père. Vous savez bien que vous devez le respecter, même s'il se montre odieux avec vous.

- Hélas ! Mon oncle, il existe des actes que l'on ne peut pas pardonner. Souvenez-vous de ce que votre pauvre sœur Mahaut a dû endurer, à cause de l'impitoyable dureté de mon père !

- Oui, acquiesça Jean, c'est pourquoi il n'est jamais revenu ici, sachant bien que je l'aurais chassé immédiatement.

Irma, dont la sensibilité était fine, ajouta :

- Je pense, malheureusement, que votre père a commis ce viol dans le but de s'approprier Aliénor. Il croyait peut-être qu'elle accepterait de l'épouser ensuite.

- Eh bien il s'est lourdement trompé !

Tous les trois demeurèrent un moment en silence, plongés dans leurs pensées. Puis le comte se tourna vers Quentin.

- Vous pouvez également séjourner ici, si vous le souhaitez.

- Je vous en remercie sincèrement, mon oncle. Je resterai peut-être quelques jours en votre compagnie, afin qu'Aliénor se remette du choc qu'elle a subi. Ma présence lui sera nécessaire. Puis j'ai l'intention d'aller rendre visite à ma sœur que je n'ai pas revue depuis mon retour à Lanicey.

- Nous comprenons tout-à-fait. Et soyez rassuré, votre fiancée sera traitée comme l'une de nos filles.

Au bout de quelques jours, Aliénor reprit des forces. Elle eut un peu plus d'appétit pour avaler les succulents repas de Lucette, la cuisinière : soupe aux choux, pain pétri chaque matin, et cuit dans le grand four de la cuisine, gibier de toutes sortes. En effet, le comte adorait la chasse, son passe-temps favori. Les joues de la jeune fille se colorèrent à nouveau de vermillon, la faisant ressembler à une rose.

Quentin l'emmena progressivement à l'extérieur de la forteresse, dans le parc où s'élevait une petite chapelle. Dans ce lieu paisible elle pria de tout son cœur, prosternée aux pieds de la Vierge. Quand elle se relevait, elle se sentait réconfortée. Puis ils traversaient le village où les pauvres manants se retournaient pour admirer sa beauté. Elle reprit enfin goût à la vie.

Quentin décida de partir lorsqu'il la sentit bien intégrée dans cette famille. Après avoir fait ses adieux aux siens et serré très fort contre lui sa chère Aliénor, il enfourcha son cheval et partit sans même s'arrêter chez son père.

Lorsqu'il arriva dans le Nivernais, il fut surpris par le paysage qui reflétait l'essor économique de ce comté. Partout il aperçut de nombreux bocages séparés par des boqueteaux bien plantés.

Pourtant, c'était une région très vallonnée, et son cheval peina souvent afin de grimper certaines côtes fort raides.

Arrivé aux pieds de la forteresse de Vauze, il s'arrêta un instant pour la contempler. Comme le sire, il l'admira, mais la trouva moins austère que celle de Lanicey. Tout autour s'étalaient des petits villages dépendants d'elle. Il traversa un très beau parc qui agrémentait le château. Quentin avait hâte de faire la connaissance de ce duc, ami du sire, qui avait réussi à séduire sa sœur ! Pourtant celle-ci possédait un caractère bien trempé.

Dès qu'elle vit son frère qui trottait dans le parc, Lidwine poussa un cri de joie et courut à sa rencontre. Elle s'écria :

- Quentin ! Mon cher Quentin ! Vous devenez de plus en plus beau !

Il attacha son cheval et se jeta dans ses bras.

- Et vous, ma chère sœur, que vous voilà transformée!

Effectivement, la maternité la rendait radieuse. Elle portait un chignon retenu par un voile très fin, et ses vêtements, très élégants, masquaient bien son état. Elle était très fière d'attendre un enfant qui ferait la joie de leur couple.

Lidwine le fit entrer en le tenant par la main, et l'entraîna jusqu'au salon où se tenait le duc.

- Venez, que je vous présente Othon, mon cher époux qui me rend si heureuse !

Othon se leva et lui dit :

- Soyez le bienvenu ici, cher baron.

Quentin lui fit sa plus belle révérence, mais le duc l'arrêta.

- Nous faisons partie de la même famille, à présent, alors restons simples.

- Je suis bien de votre avis, alors appelez-moi par mon prénom.

- C'est entendu.

Quentin jugea que son beau-frère avait une belle prestance, tout en restant naturel. Et il pensa que, pour une fois, son père avait commis une bonne action en organisant cette union.

Lidwine lui fit visiter leur château. Othon avait fait effectuer de nombreuses réparations, grâce à la dot de son épouse : la toiture avait été renforcée, les écuries étaient devenues plus vastes et le pigeonnier, écroulé dans la cour de la maison-forte, avait été reconstruit.

La prison que Godefroy avait visitée et admirée existait toujours, mais Lidwine avait obtenu la grâce des prisonniers. Cette pièce servait actuellement de cave, remplie de fûts de vins délicieux.

À l'intérieur de l'habitation régnait une ambiance très agréable, grâce au bon goût de la jeune femme. Celle-ci avait fait poser des tentures orange ou jaunes sur les murs de chaque pièce, ce qui leur donnait un éclairage lumineux, même en l'absence de soleil. De jolis bibelots ornaient les bahuts et les malles ramenés par le duc, principalement du Moyen-Orient. Partout des bouquets de fleurs d'automne égayaient les tables. De magnifiques chandeliers étaient posés sur les meubles en bois massif. Lidwine, toute heureuse, lui montra un petit panier d'osier destiné au bébé, afin de le coucher dedans.

- Je suis certain que ce bébé sera un garçon, déclara Othon, satisfait d'avoir enfin une descendance.

- Je vous le souhaite sincèrement, répondit Quentin en souriant.

Une fois la visite terminée, ils entrèrent dans le salon. Le duc agita une grosse cloche, afin d'appeler une servante.

- Jeannette, apporte-nous un gâteau de ta confection, accompagné d'un excellent vin.

- Très bien, monsieur le duc.

La servante leur présenta rapidement un gâteau de pommes, cuit à point, et leur versa à boire.

Puis Lidwine, toujours curieuse de tout, s'adressa à son frère :

- Racontez-moi, cher Quentin, avez-vous déniché à Dijon une fiancée ?

Le jeune homme constata que sa sœur n'avait pas changé : les affaires de cœur l'intéressaient particulièrement.

- Non, répondit-il sobrement.

Elle se mit à rire aussitôt.

- Je ne vous crois pas, car vous êtes trop beau !

Il hésita un instant avant d'avouer :

- Non, car c'est ailleurs que j'ai trouvé l'élue de mon cœur.

- Alors, dîtes-moi vite. Est-ce que je la connais ?

- Pour sûr que vous la connaissez : il s'agit de votre amie Aliénor de Scéry.

Lidwine battit des mains, puis courut l'embrasser.

- Ah ! Que je suis heureuse ! Dit-elle. Vous ne pouviez pas faire un meilleur choix. Vous aime-t-elle également ?

- Oui, bien sûr.

- Et qu'en dit notre père ?

Quentin resta un moment silencieux, ne sachant comment leur apprendre la terrible nouvelle.

- Hélas ! Répondit-il en soupirant, notre père souhaite l'épouser également.

Lidwine bondit de sa chaise, et s'écria :

- Comment ? Mais il est complètement fou !

Le jeune homme savait bien que sa sœur le comprendrait. Aussi lui raconta-t-il tout ce qui s'était passé par la suite, sa révolte contre son père, puis le viol de sa chère Aliénor qu'il avait cachée chez leur oncle, le comte de Morenne.

- Notre père est un assassin ! Hurla Lidwine.

À ce moment-là, le duc, qui avait écouté leur conversation sans mot dire, crut bon d'intervenir.

- Excusez-moi de vous interrompre, mais je considère qu'un viol n'est pas un crime.

Lidwine lui jeta un regard furieux.

- Ah! Je vois bien que vous raisonnez comme un homme, à qui tout est permis et vous me décevez beaucoup, sachez-le.

Ce fut la première querelle qui opposa les jeunes époux. Et Quentin s'en attrista.

Le duc poursuivit :

- Je conçois aisément que cet acte est odieux, cependant le sire reste un ami pour moi. Vous devez le savoir également.

Othon voulut se lever pour quitter la pièce, mais Lidwine le retint.

- Voyons, chéri, ne nous fâchons pas. Il serait, à mon avis, plus important de chercher une solution pour aider Aliénor à sortir de sa douloureuse situation.

- Je voudrais bien la secourir, mais j'ignore par quel moyen.

Le duc se servit un nouveau verre de vin. Parfois l'alcool le stimulait. Mais il n'en abusait jamais.

Chacun réfléchit en silence, puis Othon déclara : -

- Je peux tenter de rendre visite à mon ami, et essayer de lui faire abandonner cette idée de remariage.

- Oh oui ! S'exclama Quentin, c'est une excellente décision, car vous êtes son ami, et peut-être qu'il vous écoutera.

Sixième partie

Le duc de Sacht envoya un messager à Lanicey afin d'informer Godefroy de sa visite dans une semaine environ. Mais il ne précisa pas pour quelle raison. Godefroy fut très intrigué car son gendre et ami ne se déplaçait guère jusque chez lui, à présent qu'il était comblé par son mariage et l'arrivée proche d'un héritier. Cependant, il restait toujours heureux de le recevoir, se souvenant qu'il lui devait la vie.

Quentin n'était pas revenu à la forteresse depuis son altercation avec lui, mais Godefroy se doutait que son fils se cachait quelque part en compagnie d'Aliénor, et cela le rendait furieux. Oui, il n'avait pas admis le départ d'Aliénor le lendemain qu'elle fût devenue sienne par la force. Son amour-propre de mâle avait été bafoué, encore une fois. Et pourtant, il songeait que si Aliénor revenait auprès de lui, il en serait très heureux, car il était tombé réellement amoureux d'elle. Il se souvenait de son corps superbe aux formes voluptueuses, de ses joues veloutées comme les pétales d'une rose, de sa superbe crinière noire et brillante. Il se sentait tenaillé par le désir, tel un jeune homme. Tout comme son fils, il demeurait hanté par l'image d'Aliénor dont le corps nu avait resplendi sous les éclairs de l'orage.

Lorsque le duc se présenta dans la salle de réception de la forteresse, précédé par un serviteur obséquieux, Godefroy lui ouvrit ses bras, comme autrefois. Il le fit asseoir dans son meilleur fauteuil recouvert d'un velours très épais.

Il commanda un serviteur afin qu'il leur apportât un bon vin, puis il s'assit en face de son ami.

- Alors, cher ami ! S'écria-t-il. C'est fort aimable de venir me rendre visite, car depuis le départ de mes enfants, je me sens seul ici.

Othon fit l'étonné.

- Votre fils est-il donc parti, lui aussi ?

- Oui. À vous que je considère comme un frère, je peux bien vous le confier. Quentin m'a quitté après une violente discussion entre nous deux.

- À quel sujet ?

- Oh ! Cela va vous faire rire, mais figurez-vous que j'ai l'intention de me remarier afin de connaître des jours meilleurs durant ma vieillesse. La solitude me pèse maintenant. Or, Quentin s'y oppose absolument.

- Et pour quelle raison?

- Il pense que je suis trop âgé et que je ne suis plus capable de rendre une femme heureuse. Pourtant je me sens tout gaillard encore ! Ajouta-t-il avec un rire grasseyant.

Othon ne voulut pas le contrarier d'emblée. Il le questionna :

- Pourquoi ? Avez-vous rencontré une riche comtesse qui serait devenue veuve sur le tard ?

- Diantre non ! Je préférerais plutôt une damoiselle fraîche et ingénue, même dépourvue de biens. Ses charmes me suffiront.

Le duc le tapa sur l'épaule, amicalement, mais poursuivit :

- Allons, cher Godefroy, je croyais que vous n'accordiez plus de confiance aux dames ! Ne craignez-vous donc pas d'être trahi par une jeune personne que tous les hommes admireront ?

- C'est vrai, reconnut le sire, que j'étais fort jaloux autrefois. Mais j'ai changé en prenant de l'âge. Et puis celle que j'épouserai sera au-dessus de tout soupçon.

- Cela signifie-t-il que vous la connaissez bien ? Demanda Othon, feignant d'être surpris.

Ici, le sire se cabra.

- Sacrebleu ! Mais je vous trouve bien curieux ! Si c'est là le but de votre visite, je ne dirai rien. Estimez-vous, comme mon fils, que je suis incapable d'aimer ? Si oui, dépêchez-vous d'aller le rejoindre ! Sans doute savez-vous où il se trouve ?

- Non, absolument pas.

Godefroy se leva brusquement, pris d'une impatience soudaine. Il détestait être jugé, surtout par un excelent ami. Son visage devint rouge, ses yeux se rétrécirent et ses mains tremblèrent d'indignation.

Alors il eut recours à une astuce : il frappa le sol avec le talon de sa botte à trois reprises, et cela eut pour conséquence de faire surgir Ulric qui se tenait dans la pièce du dessous.

Celui-ci accourut aussitôt et, après s'être prosterné bien bas, déclara :

- Mon seigneur et maître, je dois vous informer que les gardes ont aperçu des hommes inconnus galopant au loin dans notre direction. Peut-être sont-ils des bandits ou des envahisseurs ? Que devons-nous faire ?

Godefroy répondit d'une voix autoritaire :

- Je te remercie beaucoup de m'avoir averti. Tu es vraiment un bon serviteur ! Je vais monter moi-même dans la tour de garde afin de donner des directives.

Ulric se retira doucement avec un sourire malicieux.

- Mon cher Othon, dit le sire, vous me voyez dans l'obligation de vous quitter.

- Mais je comprends tout-à-fait. Le devoir vous appelle.

- C'est fort dommage, car j'ai apprécié votre visite. Je vous souhaite un bon retour, et surtout, n'oubliez pas d'embrasser ma chère Lidwine.

Quentin revint chez son oncle, après avoir passé une nuit chez le duc de Sacht. Il devait prendre du repos, ainsi que son cheval. Il avait remarqué à quel point Lidwine semblait heureuse, et il trouvait injuste qu'il ne le fût pas autant qu'elle. Tout comme Aliénor, son père l'horrifiait, et il galopa devant la forteresse de Lanicey sans s'arrêter.

Au château de Morenne, il fut accueilli très chaleureusement par sa famille. Aliénor se pendit à son cou comme après une branche, et il ressentit son immense besoin d'être aimée et protégée. Son cœur fondait devant elle, et il devait maîtriser son corps qui la désirait tant ! Mais il savait qu'il devait attendre leur mariage avant de la posséder. Il ne souhaitait surtout pas se conduire comme son père.

Un mois s'écoula, au cours duquel Quentin prêta main forte à son oncle dans la gestion de ses biens. En fait il remplaçait, tout en l'ignorant, son cousin décédé.

Irma était heureuse de constater que sa protégée, Aliénor, s'épanouissait peu à peu. Elles se retrouvaient souvent dans le salon, et discutaient de tout et de rien. La comtesse lui fit don de nombreuses robes qu'elle ne pouvait plus enfiler, ayant pris un peu d'embonpoint. Aliénor les portait à merveille, étant svelte, et cela rehaussa sa beauté.

Rosemonde, âgée de dix-sept ans, l'admirait beaucoup, et en fit bientôt sa confidente.

Lorsqu'elles se promenaient ensemble dans le parc du château, Rosemonde entraînait souvent sa nouvelle amie vers les écuries.

- Est-ce que vous montez à cheval ? Demanda-t-elle un jour à Aliénor.

- Non, je n'ai jamais appris.

- Souhaitez-vous apprendre l'équitation ? Je connais quelqu'un qui sera ravi de vous l'enseigner.

Aliénor ne cacha pas sa surprise.

- Ah bon ? Qui donc ?

Rosemonde sembla soudainement hésiter :

- Si je vous le dis, pourrez-vous garder le secret ?

- Évidemment ! Ne sommes-nous pas comme deux sœurs ?

La jeune fille chuchota presque.

- Voilà : il s'agit du palefrenier. Il est le fils de Lucette qui a réussi à le faire travailler chez nous. Je n'ai jamais vu un jeune homme aussi beau que lui ! Et...

Ce fut Aliénor qui acheva.

- Et vous en êtes tombée amoureuse.

- Comment savez-vous cela ? C'est vrai, je ne cesse pas de penser à lui. Alors, je viens souvent cueillir des fleurs, car je dois contourner les écuries pour me rendre au jardin. Et en été, je viens tous les jours chercher mon cheval pour faire une balade, en compagnie de mon cousin. Il me sourit à chaque fois.

- Rosemonde, vous êtes une coquine ! Je suppose que vos parents n'en savent rien.

Rosemonde soupira.

- Non, mais parfois, je meurs d'envie de leur révéler cela. Car ils ont prévu de me faire épouser ce cousin que j'ai toujours connu et dont je ne serai jamais amoureuse. Tandis que vous, Aliénor, vous connaissez la chance d'aimer et d'être aimée par un homme qui vous plaît.

- Oui, Reconnut celle-ci. C'est une chance, en effet.

Puis elle s'empressa de changer de sujet.

- Il fait un peu frais, ne trouvez-vous pas ? L'hiver se fait proche et je crois qu'il va neiger. Rentrons nous réchauffer.

Othon écrivit une longue missive à Quentin afin de lui relater sa visite chez le sire, visite qui s'était soldée par un échec, puisque son ami envisageait toujours de se remarier. Il précisa bien qu'il n'avait aucunement indiqué où il se cachait, et qu'Aliénor pouvait toujours se sentir en sécurité chez le comte de Morenne.

Le mois de décembre approchait et, depuis environ une quinzaine de jours, Aliénor se sentait fatiguée. Elle se levait plus tardivement, dormant beaucoup, et montrait les signes d'une mélancolie inexpliquée. Elle avalait péniblement les repas toujours copieux dont Lucette avait le secret. Ses joues pâlirent et des cernes noirs se dessinèrent sous ses immenses yeux qu'elle tenait baissés. Quentin s'en aperçut et lui demanda doucement si elle souffrait. Mais Aliénor secoua la tête négativement. Plus les jours passèrent, plus elle se referma sur elle-même, comme une fleur au crépuscule. Elle refusa de se promener en compagnie de Rosemonde, prétextant qu'il faisait froid au dehors. Auparavant, la jeune fille ne se montrait pas frileuse.

Chaque soir, les habitants du château se regroupaient autour de la cheminée dans laquelle le feu crépitait allègrement, et chacun, à tour de rôle, racontait une histoire. La plupart de ces récits provenaient de légendes très anciennes, transmises oralement de génération en génération. Et, au fil du temps, elles se transformaient peu à peu. Tout le monde appréciait cet instant de détente et de rêve, en fin de journée. Quentin et Rosemonde excellaient dans cet exercice qui demandait de la mémoire et de l'imagination.

Mais quand arriva le tour d'Aliénor, non seulement elle refusa d'y participer, mais elle se sauva dans sa chambre en pleurant. Quentin se montra très inquiet, pensant à une grave maladie tombée sur sa fiancée comme une malédiction du Ciel.

Irma, elle aussi, fut atterrée, car elle considérait Aliénor comme sa propre fille.

Un jour qu'elles furent seules dans le salon, la comtesse lui demanda gentiment ;

- Qu'avez-vous, ma chère petite ? Je vois bien que vous souffrez. Ne pouvez-vous pas vous confier ? Je garderai le secret, croyez-moi.

La jeune fille baissa la tête et resta muette.

- Pensez-vous que Quentin vous délaisse en secondant mon époux ?

Elle fit non de la tête, puis répondit doucement pour ne pas la blesser.

- Non. N'insistez pas, je vous prie.

Puis elle partit se réfugier dans sa chambre.

Un jour, Irma reçut la visite de sa fille aînée, Guenièvre, mère de deux adorables bambins.

Guenièvre connaissait le passé d'Aliénor et avait déjà eu l'occasion de sympathiser avec elle, au cours des deux mois précédents.

La comtesse lui exprima son inquiétude à propos d'Aliénor qui avait tant changé !

Et Guenièvre, très pragmatique, lui dit :

- Cette jeune fille ne serait-elle pas enceinte, puisque, malheureusement, elle a été violée ?

La bonne Irma sursauta.

- Oh ! Ciel ! J'espère que non !

Son visage devint pâle sous le choc.

- Et si cela était vrai, comment en être sûre ? Nous ne pouvons pas la faire examiner par une matrone, car elle sera très choquée.

Peu de temps après cette conversation, la servante attachée à Aliénor, Ninette, remarqua qu'elle éprouvait de plus en plus de difficulté pour vêtir sa jeune maîtresse. Ses chemises devenaient trop étroites à la poitrine, ainsi qu'aux hanches.

Et, naïvement, la petite soubrette lui dit :

- Sans vouloir vous offenser, madame, ne trouvez-vous pas que vous vous êtes enrobée ? Ne seriez-vous pas grosse ?

Aliénor lui lança un regard de profonde détresse, mais s'exclama, horrifiée:

- Mais non ! Cela ne se peut pas, j'ai simplement pris du poids.

Ninette se tut, mais garda cette impression pour elle.

Le lendemain matin, Aliénor renvoya Ninette, disant qu'elle se sentait mieux et qu'elle pouvait se vêtir seule.

La jeune fille se doutait bien qu'elle devait être enceinte, mais elle niait cette dure réalité qui la ramenait au soir où le sire l'avait violée.et c'était insupportable pour elle! Chaque nuit, elle pleurait en silence, sur sa couche. Il lui fallait dissimuler cet état honteusement. Mais jusqu'à quand ? Car cette grossesse deviendrait visible avant son terme. Et qu'allait-elle faire de cet enfant qu'elle rejetait absolument ?

Elle rêva, une fois, que le sire l'avait retrouvée à Morenne et qu'il l'obligeait à l'épouser, car il savait qu'elle attendait un enfant de lui. Elle s'était réveillée en hurlant de frayeur...

Puis un jour elle cessa de pleurer car une idée apaisante lui était venue : elle se souvenait d'une petite servante oeuvrant à la forteresse de Lanicey, devenue grosse à treize ans, qui s'était débarrassée du bébé après avoir accouché. Et elle avait appris que cette petite avait fait déposer son bébé dans un tour d'abandon, à Dijon. Curieuse, Aliénor s'était renseignée à ce sujet auprès d'une femme de chambre. Celle-ci lui avait expliqué que ce tour était destiné à recueillir des enfants abandonnés. Lorsqu'une mère ne souhaitait pas garder son bébé, elle pouvait se rendre dans une église munie d'un tour d'abandon : ce tour consistait en un cylindre ouvrant sur l'extérieur d'une église, comme un tambour de porte. La mère plaçait l'enfant dans le cylindre et tournait celui-ci afin que l'enfant accedât à l'intérieur de l'église. Puis elle sonnait une cloche qui retentissait dans l'église et prévenait une personne chargée de récupérer le bébé. Ce dernier était alors placé dans un orphelinat.

Durant ses nuits d'insomnie, Aliénor envisageait cette solution comme la seule qui pût lui convenir, avec le soutien de Quentin. Mais elle n'osait pas encore dévoiler son état à son fiancé, par pudeur et aussi par souci de le ménager, le sachant anxieux.

Puis un jour arriva où, très affaiblie, elle trébucha et manqua deux marches en descendant un escalier. Elle tomba malencontreusement sur le ventre et ressentit une violente douleur avant de s'évanouir. Elle dut rester alitée longtemps, car elle devint fortement fiévreuse. Ninette lui fit avaler des potions à base de plantes, et la veilla jour et nuit. Quentin eut même très peur de la perdre. Enfin sa fièvre tomba, et au bout d'un mois, la jeune fille put se lever. Sans l'avoir voulu, elle fut ainsi débarrassée de cette grossesse honteuse qui l'avait tant mortifiée !

Quand Aliénor fut rétablie, elle parut revivre, à la grande joie d'Irma et de Quentin qui s'étaient beaucoup inquiétés pour sa vie. Elle sortit prendre l'air, bien qu'en février les jours fussent encore froids, et ses joues se colorèrent de nouveau. Elle se rendit dans la petite chapelle de la forteresse, et remercia la Vierge avec ferveur de l'avoir délivrée de ce malheur qui l'avait tant fait souffrir !

Désirant exprimer sa reconnaissance à Irma, elle lui proposa de se rendre au marché qui se tenait dans le village voisin du leur. Elle eut l'impression de participer un peu à la vie quotidienne de ses hôtes. Il lui suffisait de traverser un petit bois qui séparait les deux villages. Le marché avait lieu le lundi de chaque semaine. Irma accepta, pensant que cela lui ferait le plus grand bien.

Quelques jours après Noël, un messager franchit le pont-levis de la forteresse de Morenne afin d'apporter un pli au comte. Il venait de très loin car il avait voyagé depuis le Nivernais. Le comte déroula le pli précipitamment et, après l'avoir lu, poussa un cri de joie. Tout le monde se groupa autour de lui afin de connaître son contenu.

Ce message provenait du duc de Sacht et de Lidwine qui les informaient de la naissance de leur fils, Conrad, né le 30 décembre 1196 à Varois.

« Tout s'est très bien passé, bien que Lidwine ait regretté l'absence de sa mère pour «assister à cette naissance. Conrad et sa maman se portent bien. Nous avons trouvé «une excellente nourrice. Nous sommes enchantés.

« Nous vous embrassons tous, sans oublier Quentin et Aliénor,

    « Othon et Lidwine »

Le pli passa de main en main, et chacun s'extasia.

- Que je suis heureuse pour Lidwine, si franche et pleine de vie ! Dit Irma.

- Oui, elle mérite bien d'être heureuse, ajouta le comte.

Puis il se tourna vers Quentin.

- Votre père est devenu grand-père, et j'espère qu'il abandonnera l'idée de se remarier.

- Je n'en suis pas si certain, répliqua le jeune baron. Je connais bien mon père et je sais qu'il concrétise très souvent ses projets.

- Alors, qu'il épouse lui-même Bertille d'Attrans ! S'écria Aliénor.

- Vous avez tout-à-fait raison, ma chérie, approuva Quentin.

Et il embrassa passionnément sa fiancée.

Comme il faisait très froid et que le messager était couvert de neige, Irma lui proposa gentiment de l'héberger durant la nuit, ce que ce serviteur ne refusa pas. Il alla donc rejoindre les serviteurs du comte de Morenne, au dernier étage de la forteresse. Et là, il retrouva un ami, Wilfried, qui avait servi autrefois chez le baron de Lanicey, surnommé

«Godefroy-le-Cruel». Ils discutèrent très longtemps entre eux pour évoquer leurs souvenirs avant de s'endormir.

Wilfried avait épousé Fanchon, une servante du comte de Morenne et avait quitté son poste pour la suivre chez le comte.

Or, Wilfried connaissait Ulric, ayant grandi tous deux dans le même village. Lorsque le messager d'Othon, une fois reposé, repartit pour Varois, Wilfried eut l'envie de prendre des nouvelles de son ancien maître, le sire de Lanicey.

Ulric n'était pas difficile à trouver, étant donné qu'il passait tous ses moments de repos dans un tripot malfamé, situé entre les deux forteresses, baptisé «Au bon goulot». Ce bistrot était fréquenté principalement par des paysans et des commerçants.

Quand il voulut le rencontrer, Wilfried demanda au comte la permission de sortir pour accueillir son fils qui revenait de Besançon. Mais en fait, il se rendit «Au bon goulot» où le vin coulait facilement. Bien que l'intérieur du bistrot fut très sombre, car le jour pénétrait peu en hiver, il reconnut Ulric qui cachait sa calvitie sous un chapeau fatigué et qui beuglait une chanson pour boire. Il était attablé auprès d'une serveuse à laquelle il devait conter fleurette, car celle-ci paraissait ravie. Lorsqu'il aperçut Wilfried, il se leva pour s'asseoir à sa table et lui dit :

- Salut, vieux frère ! Que fais-tu ici ? Puis il ajouta
- Mais puisque tu es là, je t'offre un verre !
- Je veux bien, merci. Je viens te voir pour que tu me donnes des nouvelles de la forteresse de Lanicey.
- Oh oh ! S'écria le bandit. Regretterais-tu le temps où nous faisions de bons coups ensemble ?
- Pas du tout, répondit Wilfried, car avec Fanchon j'ai dû me ranger. Non, j'aimerais que tu me dises comment se porte ton maître, le vieux baron. Est-il toujours aussi impitoyable avec ses gens de maison ? Nous l'avions surnommé «Godefroy-le-Cruel».

Ulric se mit à rire comme un grelot.

- Il n'a pas changé ! Moi, je n'ai pas à m'en plaindre car je lui reviens bien. Mais les autres, et surtout la vieille Hilda, qu'est-ce qu'ils prennent ! Surtout depuis que son fils l'a quitté.

Et Wilfried, ignorant le secret, répondit :

- Pourtant, il n'est pas bien loin: il vit chez nous, avec sa future épouse.

Ulric bondit de joie, car il savait enfin où se cachait Aliénor ! Il envoya son chapeau en l'air, découvrant son crâne lisse, et tout son visage se transforma en un amas de rides, tant il riait !

- Ah ! Tu es un véritable ami pour moi.
- Pourquoi ? Demanda l'autre, surpris.
- Pour rien. Parce que je suis content de te revoir.

Et il siffla la serveuse.

- Mignonne, apporte-nous encore à boire.

Quand celle-ci arriva, vêtue d'une robe largement dépoitraillée, Ulric lui pinça le postérieur.

- Sers-nous le meilleur vin de ce tripot, peu importe le prix !

Au bout d'une heure, Wilfried avait tant bu qu'il peina pour se lever et repartir chez lui.

De retour à la forteresse de Lanicey, Ulric s'empressa d'aller quérir son maître. Il frappa joyeusement à la porte de son cabinet de travail, situé en haut de la tour.

- Entrez ! Dit une voix malveillante et rugueuse.

Habité par la haine, le sire s'était enlaidi : il ne taillait plus sa barbe, devenue blanche, et ses yeux gris ne brillaient plus d'un vif éclat. Sa bouche s'était encore affaissée.

Ulric entra, le visage rayonnant, et le sire se douta que son sbire avait quelque chose d'important à lui communiquer.

- Assieds-toi et dis-moi tout, s'écria-t-il d'une voix devenue affable.

- Ah ! Maître, je sais où se cache votre fils ingrat.

Le sire sursauta sur son fauteuil.

- Où se trouve ce gredin ? Il me tarde de me venger.

- Il n'est nul besoin d'aller loin ! Ricana l'homme sans âme. Il est hébergé par Jean de Morenne, votre ex-beau-frère, en compagnie d'Aliénor.

- Effectivement, il n'a peur de rien, étant recueilli par mon ennemi le plus féroce. Mais grâce à toi, l'heure de ma vengeance approche, et elle sera sans pitié. Comment l'as-tu retrouvé ?

Ulric lui raconta son entrevue avec Wilfried, «Au bon goulot».

- Voilà du bon travail ! S'exclama Godefroy, tout réjoui.

- Que comptez-vous faire, maintenant ?

- Il faut que je réfléchisse.

- Si vous avez besoin de moi, n'hésitez pas, précisa l'affreux surveillant. Vous savez que je peux vous seconder dans toutes vos entreprises.

- Oui, et je ferai sûrement appel à toi.

Godefroy avait reçu, lui aussi, le messager du duc de Sacht, et la naissance de son petit-fils flatta son orgueil. Ainsi, son illustre lignée se poursuivait.

Dans le mois qui suivit, le temps se radoucit un peu. La neige avait fondu, ce qui était extrêmement rare à cette époque de l'année. Il décida donc de se rendre à Varois pour admirer le petit Conrad. Il coupa sa barbe et lissa ses cheveux ébouriffés. Il partit dès l'aube et se fit conduire en carriole, car les chemins restaient mauvais.

Il arriva là-bas juste avant la tombée de la nuit. Lidwine le reçut avec bienveillance, mais ne manifesta pas une réelle joie. Pour elle, il restait l'assassin de sa mère.

Le duc, en revanche, se montra enchanté par cette visite imprévue, Godefroy étant son ami. Conrad fut sorti de son petit panier et exhibé devant le sire à la lueur d'une chandelle. Alors il se mit à hurler avec une vigueur telle, que Godefroy s'exclama :

- Ah ! Voilà qui est bien. Il possède déjà du caractère, ce petit. Nous en ferons un preux chevalier, comme son père.

- Et comme son grand-père, ajouta Othon en riant. Je trouve qu'il ressemble beaucoup à sa maman, car il est très beau.

- Oui ! Dit Godefroy qui crut revoir Quentin à sa naissance.

Soudain, la porte du salon s'ouvrit sur une charmante jeune femme que le sire ne connaissait pas. Aussi se courba-t-il devant celle-ci, par politesse.

- Cher ami, précisa Othon, je vous présente une cousine, madame Isadora de Willeim, venue nous rendre visite, tout comme vous.

- J'en suis fort enchanté, déclara le sire.

- Et moi de même, répondit-elle gracieusement.

Godefroy l'examina attentivement, la déshabilla du regard, puis songea qu'elle était mignonne.

Évidemment, elle ne possédait pas la beauté sublime d'Aliénor, à laquelle il songeait avec rage, car celle-ci avait osé le fuir. Mais elle était très agréable à regarder. Isadora portait deux longues nattes blondes, encadrant un visage aux traits fins. Grande, vêtue élégamment d'une robe noire qui faisait ressortir la blancheur de sa peau, elle lui plut cependant.

- D'où venez-vous, madame ?

- De fort loin. Je réside dans le comté d'Alsace.

- C'est pourquoi nous l'hébergeons en ce moment, expliqua Lidwine. Et nous nous entendons très bien, n'est-ce pas Isa ?

- C'est vrai. Votre fille est adorable !

Ils passèrent à table et le sire dévora un succulent repas composé de choux et de volailles. Un excellent vin fut servi également. La cheminée prodiguait une délicieuse chaleur qui fit somnoler Godefroy. Le duc lui proposa de passer la nuit chez eux, ce qu'il accepta volontiers.

Le lendemain matin, le sire se leva tôt afin de repartir à Lanicey. Mais Othon lui demanda de rester jusqu'au petit-déjeuner.

Il ne manqua pas de questionner son ami au sujet d'Isadora, afin de savoir si elle lui plaisait.

- Je ne la connais pas suffisamment, répondit Godefroy, d'un ton détaché.

Alors le duc lui raconta qu'elle était veuve depuis trois ans, et qu'elle avait un fils âgé de dix ans.

- Quel âge a-t-elle ? Demanda-t-il, par curiosité.

- Elle a trente ans, mais elle paraît plus jeune. Feu son époux lui a légué un bel héritage, car il était marquis.

- Eh bien tant mieux pour elle !

Le duc hésita un bref instant puis se hasarda.

- Peut-être pourriez-vous l'épouser ? Vous m'avez donné Lidwine, alors je peux vous donner ma cousine, à mon tour.

Mais le baron fit celui qui n'avait pas entendu.

Après avoir bu un grand bol de lait chaud, il se prépara à partir. Il fit ses adieux à sa famille et appela son chauffeur pour le ramener chez lui.

Seul dans son cabinet de travail, Godefroy réfléchit longuement à sa vengeance dirigée contre Aliénor.Tout comme Mahaut, elle l'avait bafoué, et avec son propre fils ! Alors qu'il ne songeait qu'à la rendre heureuse en l'épousant. Il ruminait son amertume sachant qu'elle vivait, entourée et comblée par la famille de Morenne.

Il éprouvait également une colère folle envers Quentin qui s'était avéré plus fort que lui. Et il pensa que seule la disparition d'Aliénor pouvait punir son fils et le venger par la même occasion.

Quand il eut bien mûri sa décision, au bout d'un mois de réflexion, il se décida à convoquer Ulric. Il attrapa sa grosse cloche et l'agita furieusement.

- Vous m'avez demandé, Maître ?

- Oui, j'ai encore besoin de toi pour effectuer un sale travail.

Ulric, assis en face de lui, attendit patiemment ses ordres.

- Voilà : comme tu le sais, je suis furieux contre Aliénor qui a refusé de m'épouser, parce qu'elle préférait Quentin. Et elle doit être punie de façon radicale. Je désire, comme pour Mahaut, me montrer impitoyable ! Comprends-tu ce que j'attends de toi ?

Godefroy se leva et arpenta la pièce, signe d'une grande fébrilité.

L'homme sans âme avait très bien compris, mais pas un seul de ses muscles faciaux ne bougea. Il se montra, comme d'habitude, impassible. À force de fréquenter des femmes de mauvaise vie, son visage était couvert de pustules.

Il demanda simplement :

- Par quel moyen devrai-je réaliser votre volonté ?

- Je pense que, dans un premier temps, tu te cacheras aux alentours de leur forteresse, sans te faire remarquer par les gardes. Je te connais assez malin pour cela. Donc tu tâcheras d'épier les allées et venues d'Aliénor. Si elle est se rend au village, par exemple, repère les jours où elle sort seule. Il ne faut aucun témoin.

- Admettons, dit le malfrat. Et ensuite, que devrai-je faire ?

Le sire leva le bras et effectua un grand geste circulaire.

- Tu feras ce que le diable te commandera !

Et, disant ces mots, il abattit son poing sur la table. Par ce geste, Godefroy éprouva le sentiment de la décapiter en pensées, et il se sentit soulagé.

- Bien entendu, lui rappela-t-il, tu agiras dans le secret le plus total. Jure-le-moi !

- Je vous le jure, maître ! Soyez sans crainte.

Ulric se cacha dans le petit bois qui entourait la forteresse de Morenne. Il y resta posté durant plusieurs jours et put observer la vie des habitants du château. Il vit Quentin partir à la chasse avec son oncle. Il aperçut également Aliénor, mais une jeune fille l'accompagnait au cours de ses promenades. À l'exception, toutefois, du lundi matin où elle se rendait seule jusqu'au village voisin.

Alors un sourire machiavélique s'afficha sur son visage hideux. Le lundi suivant, ce fut un magnifique jour de printemps. Les arbres commençaient à bourgeonner et toute la nature se trouvait en émoi.

Quand Aliénor pénétra dans le petit bois pour se rendre au marché, l'homme sans âme la suivit en catimini, tout en se cachant derrière des sapins.

La jeune fille s'engagea dans le petit bois avec sa démarche ondulante. Elle se sentait enfin heureuse, car le comte de Morenne avait prévu son mariage avec Quentin. Tous les serviteurs se trouvaient en ébullition, car celui-ci serait célébré dans un mois.

« Tudieu ! C'est un sacré beau morceau ! » Songea Ulric.

Mais il devait accomplir sa vilaine besogne. Lorsqu'elle fut suffisamment éloignée de la forteresse, il s'avança tout doucement derrière elle, retint sa respiration, banda son arc, et tira. Puis il se dissimula derrière un chêne au large tronc.

Aliénor poussa un immense cri de douleur que personne n'entendit, à part lui et les oiseaux blottis dans leurs nids. Très vite, devant ses yeux, le ciel commença à se voiler, puis il devint noir, puis elle eût l'impression de flotter dans des nuages...Enfin elle vacilla et se laissa couler par terre, baignant dans une flaque de sang.

L'homme sans âme se sauva sans même la regarder.

Au château de Morenne, la cuisinière attendit le retour d'Aliénor afin de préparer le repas. Elle s'étonna de son retard à rentrer. Puis, au bout d'une heure, Lucette partit avertir la comtesse.

Irma interrogea les gardes pour savoir si elle était rentrée. Ceux-ci assurèrent qu'ils avaient vu la jeune fille sortir et se diriger vers le bois, mais qu'elle n'était point revenue...

Alarmée, la comtesse alla prévenir Quentin qui tentait de ranimer le feu dans la cheminée. Quand il apprit que sa bien-aimée n'était pas rentrée, il fut si affolé qu'il ressentit une douleur au cœur. Ayant un mauvais pressentiment, il courut jusqu'au bois en appelant Aliénor de toutes ses forces. Seuls, les craquements des branches lui répondirent.

Soudain, il aperçut la jeune fille gisant sur le sol, une flèche plantée dans le dos. Elle avait perdu beaucoup de sang et ses yeux magnifiques étaient devenus ternes. Ses longs cheveux noirs étaient éparpillés autour d'elle, comme les pétales d'une fleur....

Il hurla de chagrin et resta allongé à côté d'elle.

Jean de Morenne arriva enfin et releva Quentin en lui disant:

- Elle est auprès de Dieu, et a cessé de souffrir. Venez, mon enfant !

Ulric revint devant son maître et lui expliqua qu'il avait accompli sa volonté. Godefroy accusa le coup sans broncher.

- Es-tu certain que personne ne t'a vu ? Demanda-t-il cependant.

- Absolument certain, sire.

En pensées, il revit son corps de déesse qu'il avait tant convoité, et qu'il n'avait soumis qu'une seule fois à son désir, par force.

Son visage se durcit, il redressa fièrement sa tête et, d'une voix sans faille, répondit :

- C'est très bien ainsi ! Je t'en remercie.

Puis il se remit au travail.

Deux mois plus tard, il reçut un pli du duc de Sacht lui expliquant cela :

« *Mon cher Godefroy,*

« *C'est avec une immense peine que nous devons vous apprendre le décès «mystérieux d'Aliénor, votre protégée, survenu en mars dernier, alors qu'elle résidait «chez le comte de Morenne. Un jour où elle se rendait au village voisin,*

« *Un inconnu l'a volontairement tuée d'une flèche, laissant Quentin durement «éprouvé.*

« *Pour survivre après ce chagrin, votre fils s'est enrôlé dans l'armée de notre «empereur du Saint-Empire, Henri VI. Nul ne sait s'il reviendra.*

« *Nous tenions à vous en informer.*

« *N'hésitez pas à revenir nous voir. Vous serez accueilli avec toute la courtoisie qui «vous est dûe.*

« *Votre dévoué gendre et ami,*

« *Othon de Sacht.* »

Après avoir réfléchi un instant, Godefroy se décida de répondre favorablement à cette charmante invitation, car l'idée lui vint de négocier son remariage avec Isadora de Willeim.

Table des matières

www.ingramcontent.com/pod-product-compliance
Lightning Source LLC
Chambersburg PA
CBHW060844250626
47162CB00005B/2153